U0502589

平面国：
一个多维度的浪漫传奇

FLATLAND
A Romance of Many Dimensions

［英］埃德温·A.艾勃特 著

郭天鹏 贾康 译

中国科学技术出版社

华语教学出版社

·北京·

图书在版编目（CIP）数据

平面国：一个多维度的浪漫传奇 /（英）埃德温·A.艾勃特著；

郭天鹏,贾康译. -- 北京:中国科学技术出版社:华语教学出版社,

2024.12. -- ISBN 978-7-5236-0859-3

Ⅰ. I561.45

中国国家版本馆 CIP 数据核字第 2024MW5869 号

总　策　划	秦德继	
策划编辑	张敬一　　林镇南　　张锡鹏	
责任编辑	李振亮　　张敬一	
特约编审	刘丽刚	
封面设计	末末美书	
正文设计	中文天地	
责任校对	张晓莉	
责任印制	马宇晨	

出　　版	中国科学技术出版社　华语教学出版社
发　　行	中国科学技术出版社有限公司
地　　址	北京市海淀区中关村南大街 16 号
邮　　编	100081
发行电话	010-62173865
传　　真	010-62173081
网　　址	http://www.cspbooks.com.cn

开　　本	880 mm × 1230 mm　　1/32
字　　数	85 千字
印　　张	4.25
版　　次	2024 年 12 月第 1 版
印　　次	2024 年 12 月第 1 次印刷
印　　刷	河北鑫兆源印刷有限公司
书　　号	ISBN 978-7-5236-0859-3 / I·89
定　　价	69.00 元

译者序

▶▶

诗意的勇气

横看成岭侧成峰，

远近高低各不同。

不识庐山真面目，

只缘身在此山中。

　　公元 1084 年，宋神宗元丰七年，苏东坡从黄州改迁汝州，当时的苏东坡正和好友参寥子在一起，彼此都不愿这样分别，遂结伴而行。过九江，游庐山，吟游诗。大文豪苏东坡提笔即成经典，这里留下的是我们耳熟能详的《题西林壁》。诗是写景诗——庐山的绵延逶迤、峰峦起伏仿佛尽收眼底；诗更是哲理诗——苏东坡一向很豁达，不在乎"当局者迷"，方能始终"旁观者清"。

　　时间过得很快，800 年之后的 1884 年，埃德温・艾勃特

《平面国》付梓。那时讽喻维多利亚年代的著作比比皆是，这本 100 多页的小书并没有掀起什么波浪。又过了 31 年，爱因斯坦的广义相对论横空出世，"四维时空"从已逝闵可夫斯基的演讲走进千家万户，这时的人们才发现，这本很好读的小书居然蕴藏着如此前卫的科学思想。

很好读是因为书的语言很棒，埃德温·艾勃特应该是个莎士比亚迷，书的两部分各有一句引语：

第一部分介绍平面国的地理气候、房屋建筑、风土人情等，引语是："Be patient, for the world is broad and wide."（"不要懊恼，这是一个广大的世界。"）出自《罗密欧与朱丽叶》。

第二部分介绍正方形主人公在点之国、直线国、空间国的旅程，引语是："O brave new world, that has such people in it."（"啊！新奇的世界，有这么出色的人物！"）出自《暴风雨》。

140 年后的今天，再怎么赞美《平面国》都不为过，科幻大师艾萨克·阿西莫夫就曾经盛赞道："如果想理解维度，《平面国》应该是最好的入门作品。"有机会重译这部经典，我倒是更想说说埃德温·艾勃特那份独特的诗意的勇气。

　　诗意的勇气应该有"独有英雄驱虎豹，更无豪杰怕熊罴"的无畏。

　　维度对于我们来说并不陌生，但在 140 年前可不是这样，这种探索首先需要莫大的无畏，要走出日常生活的三维空间，思考不一样的世界。跨出这一步并不容易，我们要想去探索四维，首先就要明白"生活在平面上的二维人会如何理解三维"。

　　埃德温·艾勃特走出了这一步，而且走得很准。怎么看他都应该是个很有想象力的科学家，至少在几何学和光学上颇有造诣。《平面国》有着完整的逻辑构想，这种构想从数学开始，一直延伸到社会组织、思想文化和宗教信仰。平面国的人相信造物主的全知全能，而从空间国来的球体却说，空间国的罪犯和小偷也能直接看到平面国的一切，也就是平面国人所谓的"全知全能"。

　　很显然，在那个时代，作者需要一种巨大的无畏，"写下这本回忆录，希望用某种未知的方式启发世人，至少唤醒那些被困在有限维度中的反抗者的斗志"。

　　诗意的勇气应该有"欲穷千里目，更上一层楼"的视野。

怎样从二维看三维？对于一个神学家、小说家来说，我们委实不应要求更多。至少，埃德温·艾勃特留下一句咒语——"向上，而非向北"。1300 多年前，王之涣写下了《登鹳雀楼》。那种睥睨天下的抱负应该是最"向上"的。面对未知的世界，我们总想知道得更多、看得更广，所以人类从不畏惧地球只是宇宙中的沧海一粟，也从未放弃找寻"俯察品类之盛"的视野。

最终，这种求索走进了"仰观宇宙之大"，走进无形无质、超乎日常经验的高维世界，那里有深邃的数学逻辑，有严谨的物理理论，更有"欲穷千里目，更上一层楼"的好奇心。在《平面国》里，这种好奇心起源于正方形主人公的六边形小孙子："一个圆点移动 3 英寸 ① 就变成了一条 3 英寸的线段，表示为 3^1；3 英寸长的线段平移 3 英寸就变成了边长为 3 英寸的正方形，表示为 3^2；同理，边长 3 英寸的正方形也可以通过平移得到一个每个边都是 3 英寸的某种东西，表示为 3^3，不是吗？"

　　诗意的勇气应该有"路漫漫其修远兮，吾将上下而求索"的坚持。

_____

① 1 英寸 ≈ 2.54 厘米。——编者注

小六边形的数学推演无疑是快进了剧情的，因为在真实的科学发展史上，每一步的成功都十分不易。柏拉图曾经有个著名的"洞穴比喻"，说的是人类好像至今仍然被困在石洞里，我们背对着光，所以只能看到墙上的影子。

看到影子的事物很多，但坚持探索、不断进化的只有人，詹姆斯·金斯就说过："这就好比一条狗闯进教室，不小心看到了显微镜下正在分裂的细胞，狗可不会管这些有什么意义……那些石壁上的影子，它们当然不是真相，但可以指引我们熟悉石洞内的一切。聪明的人们很快就发现，如果一个物体落下，它的影子也一样会跟着落下。"

网上有个很棒的视频，名字叫《你写的不是公式，是他们所奉献的一生！》，生动地记录了科学先辈们于影子中发现的秘密——牛顿发现了万有引力，麦克斯韦写下了电磁学方程组，爱因斯坦想象出了相对论……

他们前赴后继，顺着时空的长河，走了很久很久，努力找寻着"O brave new world, that has such people in it"。或许就在不久的未来，我们真的能看到 3^4，3^5……甚至是 3^{-1}，3^i……

无所谓探索的终点，有的只是诗意的勇气！

郭天鹏

2024 年于上海

目 录

▶▶ CONTENTS

第二部分　其他世界

第一部分　这个世界

"不要懊恼，这是一个广大的世界。"

01 平面国的本质

欢迎来到平面国，首先申明一点，平面国并非它的本名。这样说只是为了让有幸居住在空间国中的大家更容易地理解这里。

大家可以想象一张巨大的纸，纸上铺陈着各式各样的图形——线段、三角形、正方形、五边形、六边形以及其他各种图形。它们可以在纸面上自由移动，却始终无法飞出纸面，如果不是因为有着清晰的边缘，一切活脱脱就是影子而已。这样大家应该能够准确理解吾国吾民了吧？曾几何时，我也称为"宇宙"，然而很多年后的今天，我对事物有了更为深刻的理解，我已经认识到那并不是真正的"宇宙"。

不难发现，平面国里没有"立体"的东西，但这并不妨碍你凭借视觉区分三角形、正方形或是别的什么图形。可惜对我们而言，这就是一种奢望了，我们甚至都"看不到"这些图形，更遑论将它们彼此区分，对于平面国的居民而言，每天能看到的只有线段——这个容我解释一下：

大家不妨在桌子中央放一枚硬币，从正上方俯瞰，硬币当然是圆形的；接下来，请将头移至桌子的边缘，慢慢降低视线，直至与桌面平行——是的，这样你就真的成了我们平面国的一员——不出意外，圆形的硬币消失了，你看到的只有一条线段。

以相同的方式观察用纸板剪成的三角形、正方形或其他形状，结果都是这样。你会发现，只要视线与桌面保持水平，所有图形都将不再是其原始形态，它们全都变成了一条条线段。

以等边三角形为例，在我们平面国中，他们是受人尊敬的商人阶层。如图 1 所示，如果从正上方看，他们就像图 1（1）；如果视线接近桌面，你就会看到图 1（2）；而视线与桌面基本平行时，他们就变成了图 1（3）中的一条线段，这正是我们在平面国中每天看到的他们。

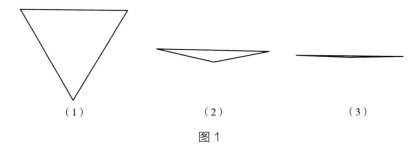

（1）　　　　　　（2）　　　　　　（3）

图 1

我曾经去过你们空间国，怎么给你形容这种感觉呢？或许你可以问问你们那儿的水手，他们在海上远航时应该有过类似的体验——就是那种无法分辨远处岛屿或是海岸的感觉。尽管远处的大陆上或许有大小不一、形状各异的海湾、山岭和海角，但在离它们很远的水手眼中，除非真的有充足的阳光恰好使它们轮廓分明、明暗错落，否则一切都只是水平线上连绵不断的灰色线条。

而这就是平面国里的日常，不论是三角形还是别的什么形状靠近我们，在我们看来都是线段。这里没有太阳，也没有光线投射阴影，所以我们也就无法看到空间国中所呈现的立体视觉。我们只知道，当朋友靠近时，他的线段会变得越来越长；反之，当他远离我们时，线段则会变得越来越短。无论他是三角形、正方形、五边形、六边形还是圆形，我们能看到的永远都只是一条线段。

那有人可能会产生一个疑问，即我们是如何区分朋友们的。容我先卖个关子，只要之后仔细听我讲讲平面国的风土人情，你就会发现这个问题的答案其实很显而易见。

现在，让我们先换个话题，聊聊我们国家的气候和房屋吧！

02 平面国的气候和房屋

跟你们常用的指南针上标注的一样，我们平面国也有四个方向：东、西、南和北。

但是，因为没有太阳和其他天体，所以在平面国不能用你们的方法辨别方向。不过，我们也有我们自己的方法，那就是基于平面国的自然引力。在这里，所有物体始终具有向南运动的趋势。如果是在气候温和的地区，这种引力就会很弱，弱到只要是健康状况良好的女性都能够毫不费力地北行几弗隆 [①]，这种向南运动的吸引力足以充当指南针。

此外，这里也有雨水，它们每隔一段时间就会且只会从北边降落，这也能帮我们辨别方向。在城市里，房屋的边墙多为东西朝向，屋顶则是为了挡住从北边降落的雨水，这是人们辨认方向的重要参考。而在乡村，树木就成了我们的向导。所

[①] 弗隆，长度单位，源自古英语的 furh（furrow）和 lang（long），最初是指 1 英亩犁过的地的犁沟长度，1 弗隆约为 201.168 米或 1/8 英里。——译者注

以事实上，关于方位的确定，我们并没有大家想象的那般束手无策。

当然，如果天公不作美，想要分辨方向就有点儿难了。在气候条件较为温暖的地区，人们几乎无法感受到向南的引力。有时走在那些特别荒凉的无人区，由于没有任何建筑物和树木指引方向，有时我不得不驻足几小时，一直等到下雨才能继续前行。

向南的引力对年老体弱者，尤其是纤瘦的女性的影响要远大于强壮的男性，所以如果在街头遇见女性时，绅士点儿让她们走在你的北侧——不过一旦环境变得"方向模糊"或你身强体壮走得太快时，这一礼仪规范可能就不大好保持了。

平面国的房子是没有窗户的，因为无论在屋内还是屋外，光线都是一样的。尽管不知道光线从哪里来，不过它确实无时无处不在。在过去，光的来源问题对于博学之士来说是一个富有趣味且常被探讨的课题，时不时就会产生一些新奇的答案，结果就是精神病院被这些人塞得水泄不通。起初，立法机构试图通过高额税收来打击此项研究，但效果并不理想，后来索性就完全禁止了有关这一问题的讨论。

唉！我可能是平面国中唯一了解这个神秘问题答案的人，得益于从三维世界盗取的知识火种，我毫无疑问是唯一掌握了空间真理的人，可惜我的同胞们并不能够理解我，他们甚至对我反唇相讥！罢了，还是不要再提及这些令人伤心的话题，让我们继续看看平面国的房子吧！

我们国家最常见的房屋是五边形，如图 2 所示，北边的 RO 和 OF 是屋顶，屋顶上通常没有门，南边的地板上多半也没有门；东墙上有个小门，是专门供女士进出的，西边那扇大得多的门则是供男士进出的。

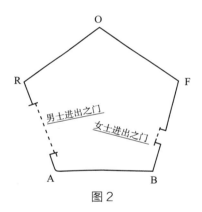

图 2

平面国禁止建造正方形和三角形的房子，因为它们的角比五边形尖锐得多（等边三角形的角更是如此），无生命的房子线条颜色要比有生命的男人和女人的线条颜色更浅，人们稍不留神磕到尖角上可不是闹着玩的。早在我们这个时代的 11 世纪，这里就立法禁止建造三角形的房屋——当然防御工事、弹药库、兵营等特殊的国家建筑是例外，不过一般民众也不会闲得没事去那些地方。

　　不过当时正方形房屋仍然随处可见，尽管受到特殊税收的限制，不过人们并不在意多出来的那点儿税。但是，大约 3 个世纪后，法律进一步明确，在所有人口超过一万的城镇中，房子至少是要五边形的。民众也很配合立法机构的努力，于是，五边形建筑就这样取代了其他形状的建筑。至于正方形的房子，则只有在一些非常偏远和落后的农业区才能偶尔见到。

03　平面国的居民

平面国居民的最高身高大约为 11 英寸，胖瘦差不多也是这样，12 英寸基本上就是稀有物种了。

平面国的女性都是线段。

士兵和底层工人是三角形，两边相等，长约 11 英寸，底边都比较狭窄，通常不超过半英寸，顶角尖锐得可怕。底边最短的甚至不超过 1/8 英寸，顶角也就变得极其锐利，甚至很难将其与线段也就是女性区分开来。在我们这儿，他们也叫等腰三角形。

等边三角形即正三角形是中产阶层。

正方形、五边形是专业人士和绅士阶层。

六边形开始就是贵族了，级别越高边数越多。边数越多，边长就越短，最终趋于圆形，圆形在我们这儿是牧师，也是社会的最高阶层。

平面国还有一条自然定律，那就是每个男孩都会比其父亲多一条边，因此每代人都在向贵族阶层靠近。这也意味着正方形的儿子会成为五边形，五边形的儿子会成为六边形，以此类推。

然而，这一定律对商人来说并不一定有效，更遑论士兵和工人了。他们的三条边长度并不完全一致，几乎不能被视为我们的同类。所以自然定律在他们身上失效了，等腰三角形的后代仍然是等腰三角形。不过，他们并非毫无希望，等腰三角形的后代仍然有机会跻身社会上层。长期的边塞生活和辛勤劳作会使工匠和士兵阶层中最聪明的人的底边逐渐变长，其他两条边则慢慢变短。经过牧师安排的通婚，他们的后代将不断接近等边三角形。

当然这很难，尽管等腰三角形的后代人口众多，但绝大多数都还是等腰三角形。被认证为等边三角形的情况实属罕见，这不仅需要一系列精心安排的婚姻关系，还需要一代代先辈长时间勤俭节约、克己自律——几代人经年累月，智力在耐心的滋养下持续提升，最终才有可能实现这一目标。

如果有等腰三角形父母诞下一名经过认证的等边三角形婴儿①，这一定是传遍乡里的佳话。经过卫生部门与社会委员会的严格审查后，当局会举办晋升等边三角形阶层的庄重仪

---

① 贫困的农奴们可能会问："为何需经认证？难道诞下一个正方形儿子不能证明父亲为等边三角形？"真是异想天开，任何阶层的女性都不会嫁给一个未经身份认证的三角形。正方形的父辈的确可能是正三角形，但这其实并不多见。事实上，作为第一代正方形后裔，父辈的不规则性几乎都会在自己的后代中延续，换句话说，他的孩子不仅可能无法晋升至五边形阶层，甚至还可能重新退回三角形阶层。——原注

式。再然后，新生的等边三角形婴儿会被当局从亲生父母身边抱走，无子的等边三角形家庭将会领养这个孩子。养父母家还要发誓永远不让孩子踏入其亲生父母家半步，这是为了防止涉世未深的孩童下意识模仿亲人的行为举止而再度沦落至社会底层。

这种"乌鸡变凤凰"的好事无疑是底层人民梦寐以求的，甚至可以说是他们卑微困境中仅有的一丝希望与光明，不过有趣的是贵族阶层也乐见其发生。事实上，这种罕见的好事非但对特权阶层几无影响，反而可以成为防止底层民众发起革命的有力屏障。

要知道，倘若让所有长着尖角的底层阶层都生活在没有任何改变命运的希望与野心的环境中，他们反而更可能在革命活动中寻找领袖。在这些领袖的带领下，人口众多的底层阶层无疑更有望击败智力占优的圆形阶层。然而，自然的法则就是这样，工人阶层每增长一丝智慧、知识与品德，顶角度数也会相应地增加，直至接近几乎无害的等边三角形，他们的身形也会因此变得笨拙。与之相反，争勇好斗的下等士兵阶层智力水平则与平面国的女性几乎相当，随着顶角越来越尖锐，攻城拔寨的能力越发强大，运筹帷幄的智谋也就随之一点点逝去了。

平面国的自然补偿定律就是这么不可思议。贵族阶层天生高贵，适者生存在这里演绎得淋漓尽致。通过利用这一自然法则，多边形和圆形阶层可以娴熟地操控人们美好的希望，一次次将革命的苗头迅速扑灭。除了天生的优势，他们的科技手段也不容忽视，御医们只要稍微施展人体压缩和拉伸技术，就可以让那些颇具势力的革命领袖臣服，然后他们会被"招安"进入特权阶层。再然后，那些革命领袖的手下，愚笨者难以抵御诱惑，一个个被诱骗至公立医院，落得终身监禁的结局，少数冥顽不灵者则会被直接灭口。

再接着，那些没有领袖的等腰三角形阶层一下子就会变成一盘散沙。或者因为群龙无首被圆形大佬豢养的职业政客一击破，或者被圆形阶层挑拨离间，彼此攻伐，最终死于非命。在平面国的历史中，这种革命多达 120 多次，小规模骚乱更是有 235 起，但无一例外，它们全都失败了！

04 平面国的女性

倘若顶角锋利的三角形战士已经令你生畏，那你可得有些思想准备了。平面国的女性要比他们可怕得多。如果把士兵比作楔子，那女性则犹如长针，两端均呈现出尖锐的锋芒。这使得她们几乎能够随意地隐形，所以在平面国里，千万不要随便惹女性。

这时年轻的读者或许会有点疑惑了：女性怎么能隐形呢？我觉得这很显而易见且不值一提，不过为了方便诸位理解，我还是唠叨两句。

你先在桌上放一根针，然后将视线低到与桌面平齐，从针的两侧看过去可以看到其全长，但假设你转过90°，顺着针头看过去，是不是只剩一个点了？平面国的女性正是如此，当你在她们侧面时，可以看到一条线段，有嘴巴有眼（尽管这两个器官长得并没有什么分别）；但一旦她们用头朝着你，那就只能看到一个点了；如果用脚朝着你，那么点就会更小更暗，如同无生命的物体一般模糊不清，就好比戴了一顶隐形的帽子。

　　现在我觉得连平面国中最笨的人也能明白我们的女性是多么危险的了。事实上，在平面国里走路可得当心，角越是尖锐当然越危险，中产阶层中备受尊敬的等边三角形的角度就已经够危险了，而撞上工人一般会被擦伤，撞到军官伤得更重，撞到列兵的顶角就可能有生命危险……最危险的是撞上女性，必定会瞬间殒命。而倘若女性是隐形的，或者只是一个模糊的小点，那么即使是最谨慎的人，也难以避免与之发生碰撞！

　　为了尽可能降低意外事件发生的概率，平面国各个地区先后出台了很多法令。在南方和那些气候较为恶劣的地区，引力相对更强，因此人的行为更容易受到随意和不由自主的移动的影响，所以法律对女性的监管也就更为严苛。我们试举几例：

　　（1）每栋房屋须在东侧设置仅供女性使用的唯一入口，女性须以合适、得体的方式通过东入口进出房屋，严禁从专为男性设立的西侧入口出入。

　　（2）任何女性在进入公共场所时，必须持续不断地发出善意提醒的声音，否则将被判处死刑。

　　（3）任何女性被确诊患有舞蹈病、痉挛、长期咳嗽或其他导致行为失控的疾病，都将立即被处死。

　　一些地区甚至还规定女性进入或待在公共场所时必须不停地左右摇晃后背，让人能看清她们，以此提醒背后的人，否则也将被处以极刑。另一些地区则要求女性外出时必须有儿子、仆人或丈夫陪同；更有甚者，在一些地方，除了必要的经允许的宗教节日外，女性是完全禁止外出的。不过，好在精英阶层和政治家们逐渐意识到，过度约束女性只会导致人口减少和衰败，也会诱发家庭凶杀案，所以实际上这种严苛的法律绝对是得不偿失的。

显然，一旦女性无法忍受被禁锢的限制，那么愤怒的情绪迟早会爆发，首当其冲的就是她们的丈夫和孩子。在气候恶劣的地区，甚至还有过全村男性在一两小时内就被愤怒的女性集体消灭的悲剧。事实上，上述三条法令已经足够绝大多数地区有效监管风险了，大家也可以借此对平面国的女性法令探知一二。

总而言之，立法机构并不能保障我们的安全，这种安全其实更取决于女性对自身利益的权衡。她们当然可以采取极端行为置人于死地，但同时也要考虑在攻击的同时是否还能立刻从受害者挣扎的身体中拔出来，否则她们脆弱的身体也会裂成碎片。

时尚是安抚女性的一个法宝。如前所述，在文明程度较低的地区，法律规定女性需要在公共场合不断摇摆后背而示警。而在治理有序的地区，这种行为在自诩有教养的女性中本身就颇为普遍。因为对于上层女性而言，这种行为规范已成为本能，甚至如若有女性因违反上述法律而受罚，那么整个地区都会引以为耻。

　　圆形阶层的女性会富有节奏地扭动腰肢，这种动作渐渐变成了一种时尚，受到了等边三角形阶层妻子们狂热的推崇和模仿，只不过她们只能单调地摆动后背，这一系列操作又会引发等腰三角形中有上进心者的追捧。可惜的是，后者除却学会了像钟摆一样的单调摆动外，并无更多收获，因为她们实际上也没什么机会进入公共场合，因此也就无法展示她们的曼妙身姿。不过摇摆腰肢却成为一种公认的社会时尚，她们的丈夫和孩子也乐于见此，最起码自己能少受很多突如其来的隐形攻击。

　　平面国的女性也不是天性冷漠，她们是脆弱而不幸的，所有行为和决定都取决于激情。由于她们几乎没有任何角度，社会地位甚至不及等腰三角形，她们缺乏智慧，思考和判断能力不足，没有预见性，甚至记忆力也约等于零。愤怒时，她们会丧失理智，变得疯狂。我曾经听过一个恐怖的案例，一个女性一怒之下杀了自己全家，清醒后还将家人尸体清扫得干干净净，可是过了半小时，她竟询问起自己丈夫和孩子的死因！

　　显然，如果是女性能够自由转身的场合，那么一定不要惹恼她们。不过，如果是在家里，你倒是可以畅所欲言，反正屋子就那么大，足以剥夺她们的攻击性。此时，她们无力伤害他人，即使心生此念，不是很快忘记了攻击的原因，就是早已将你哄骗她们的承诺抛诸脑后。

总体而言，除了底层士兵，平面国的家庭关系还算和谐。在士兵的家中，一些丈夫因缺乏洞察人心的智慧，往往会遭遇意想不到的灾祸。而在户外，另一些丈夫又高估了自己锐角的威力，未能审时度势或适时装傻保全性命。或者是忘记为妻子的住所进行特殊设计，或者被他人误导对妻子说错话，进而常与她们发生冲突。不仅如此，他们还常常夸夸其谈，讲一些不切实际的大道理，又无法像圆滑世故的圆形阶层那样用甜言蜜语取悦另一半，悲惨的遭遇可以说是一种必然。于是乎，愚蠢而令人讨厌的等腰三角形丈夫逐渐被淘汰。不过这一结果并非无益，许多圆形阶层人士就认为，女性的攻击是一种淘汰多余人口、遏制革命的便捷方式，是一种天意。

然而，即便是平面国最高层的圆形阶层，家庭生活也远称不上理想。尽管他们的家庭中没有杀戮，勉强称得上安宁，但夫妻之间却很少志趣相投、举案齐眉。精于算计的圆形阶层以牺牲家庭生活的舒适为代价，换取了各自的安全。自古以来，圆形或多边形家庭中就形成了一种习惯，甚至已经演变成上流社会女性的一种本能，那就是母亲和女儿们的目光及言语必须时刻关注她们的丈夫或男性朋友，倘若一位贵妇人背对丈夫，那她将很快被抛弃。这种习俗诚然确保了家庭的安全，但也并非毫无弊端。

在圆形阶层的家庭中，宝贵的宁静成为一种奢望。在工人或受人尊敬的商人家中，妻子们有时在室内自娱自乐、随心所欲，她们可以完全从丈夫的视线中消失，除了间或传出愉悦的笑声，终于不再喋喋不休了，家庭也因此获得了短暂的宁静。而多边形或是圆形的上层家庭则不然，那里的字典里没有安静二字，妻子们喋喋不休的嘴唇和敏锐的眼睛始终围绕着一家之主，她们连篇累牍、无休无止。纵使一家之主们再有防止被妻子刺伤的智慧和手段，却也对她们的唠叨束手无策。有人就曾愤世嫉俗地表示，他们宁愿被妻子看不见的针刺死，也不愿遭受看似安全的唠叨轰炸。

其实相对于大家所在的空间国而言，平面国女性的生活状况可谓凄惨至极。最低等的等腰三角形男性至少还有希望改变命运，期待自己的内角度数慢慢增加，直至提升子孙后代的阶层。女性则不得不屈从于"一朝为女性，终身为女性"的天命，自然进化论似乎失去了作用。好在她们的人生诚然没有希望，却也没有什么回忆和期待。女性的悲惨和屈辱既是她们自身生存的前提，也是整个平面国立足的基础。

05　平面国的识人术

你们是幸福的，天生就有双眼，得以观察光线与阴影，也可以自然地掌握透视的技巧，可以纵情享受你们色彩斑斓的世界。在三维世界里，你们可以知道角度，还能计算圆的周长。然而，那不是我们的世界，平面国居民想识别彼此要难得多！

如前所述，在平面国中，有生命的物体也好，无生命的物体也罢，无论形状如何，在我们眼中几乎都只有一个模样——一条线段，那么我们又是如何区分彼此的呢？

总的说来有三种方法。

第一种方法是听觉识人，我们能通过声音分辨出自己的朋友，甚至能区分出不同的社会阶层，一听就知道迎面走来的是等边三角形、正方形还是五边形——至于等腰三角形，我根本不屑理会。不过随着社会等级的提高，听觉识人的难度也随之增加，一方面声音易于雷同，另一方面贵族阶层并不擅长此道。而且下层阶层的发声能力要远比听觉发达，一个等腰三角形可以轻易模仿多边形的嗓音，经过训练后甚至还能冒充圆形的声音，所以很多时候要用第二种方法来验证。

第二种方法是通过触觉识人。触摸是女性和下层阶层最主要的认人方式，识别陌生人如此，辨别不同阶层也同样适用。下层人士的相互介绍就是彼此"触摸"。传统的方式常见于偏远农村，人们打招呼的标准句式就是，"请允许我邀请您触摸一下某某先生，也让他触摸下您"。城市里则一般会省略后半句话，因为他们觉得"触摸"当然是相互的。时髦的年轻绅士之间则更简单，"触摸"其实本质上变成了专有动词，意为"推荐触摸和被触摸"，你也可以将其当作一种"俚语"，虽然不是很规范，但显然更简短明快，就好比："史密斯先生，来和琼斯先生触摸一下！"

尊敬的读者们，切勿以为我们的"触摸"和你们一样，要把对方的上上下下摸个遍。其实就这方面而言，学校与日常生活的长期锻炼让我们早就熟能生巧，每个人都能凭借触觉迅速识别等腰三角形、正方形及五边形的角度，触觉再迟钝的人也能轻易感知到等腰三角形的顶角。实际上，我们只需摸一条边即可判断对方所属的阶层。除非对方是贵族中的上流人士，健桥大学[①] 的文学硕士就常常把十边形和十二边形的贵族弄混，

---

① 健桥大学：英国剑桥大学的谐音。——编者注

更不要说通过触摸分辨二十边形和二十四边形的贵族——不论什么大学的理工科博士也无法毫不犹豫地说出二者之间的微小差别。

如果你还记得前面的女性法令，就一定明白"触摸"可是个细活儿，任何失误都可能造成无法挽回的伤害。为确保触摸者的安全，被触摸者一定要绝对静止，任何轻微的肢体动作哪怕是突然的喷嚏都可能对触摸者造成致命的影响，进而扼杀许多深厚的友谊。在下层社会的三角形中，这一点需要格外注意。对他们来说，他们的眼睛无法看到自己远处的顶点，也无法察觉到远端肢体的动作；不仅如此，等腰三角形反应相对迟钝，无法感知到富有教养的多边形的轻微触碰。想象一下，他们认识陌生人时可能只是不经意地晃下脑袋，就已经剥夺了这个国家中一条宝贵的生命，那将是何等的悲哀呀！

听闻我最优秀的祖父就曾是悲惨的等腰三角形阶层中最守规矩的一员，在他离世前不久，卫生部门与社会委员会的 7 个人中有 4 个委员投票同意将他晋升为等边三角形，当时祖父眼眶中的泪水不停地打转，因为祖父坚信，他的曾曾曾祖父本就应该取得这份荣耀，祖父说先祖是一位内角为 59°30′ 的受人尊敬的工人，本有机会早早获得这份荣誉，却因一个小小的失误而与之失之交臂。据祖父所述，我那不幸的先祖患有风湿病，一次被多边形贵族触摸时，突然不知为何用自己的顶角将其沿对角线刺死。然后就是长期监禁导致精神萎靡，此事对当时所有亲属的道德水准产生了极大影响，使得我们家族的内角都退化到 58°。经过后面五代人的不懈努力，才弥补了这一损失，终于又产生了内角达到 60° 的后代，家族也最终晋升为等边三角形。然而，回想起来也是可笑，所有这些灾难，竟然都源自那次触摸时的小小意外。

　　一些知识丰富的读者可能会有疑问，正好在这里稍作解答。他们会问："平面国的人怎么能够辨别内角的度数和分数呢？我们是在空间国，所以能够观察到两条线段相交，但是你们平面国只能看见一条线段或一条长线段上不同的小线段。"我的回答是，"为了生存"。得益于生存需求和长期的训练，我们能够精确地推断出角度的大小，可以说，如果不使用工具、仅凭视觉的情况下，我们的辨别能力甚至超过了你们。

　　当然，自然法则也赋予了我们得天独厚的优势。在等腰三角形家族中，脑袋的顶角从 0.5° 也就是 30′ 开始，每繁衍一代，角度便增加 0.5°，直至达到 60°。到那时，人的身份也会从农奴转变为自由人，从而进入等边三角形阶层。

　　所以，我们天然就有从 30′ 至 60° 的刻度表。这个刻度表以三角形标本的形式，存在于平面国的每一所小学。

　　提及每月更换标本的高昂学费制度的优点，我们不应忽视一点，即这种体制在一定程度上有助于减少多余的等腰三角形的人口数量，这些等腰三角形正是平面国中每位政客时刻警惕的对象。许多由选举产生的校董事会倾向于采用"学费低廉的制度"，但我认为除了"成本是经济中最重要因素"，每月更换标本的花费物超所值，其他的理由明显都是牵强附会。

　　我不想让校董事会的政治讨论冲淡本节的主题，也坚信自己已经阐述得足够清楚，触觉识人并不像人们想象的那般枯燥乏味，结果也相当准确。不过正如前文所述，这种方法也可能存在危险。因此，中等阶层的大部分人以及多边形和圆形阶层的所有人都更倾向于采用第三种方法——视觉识人术。

06　视觉识人术

前面我曾说过，平面国中所有图形呈现出来的外观都是一条线段。那么，这是否意味着我们无法通过视觉来识别不同阶层的人呢？

非也非也！接下来，我将向诸位空间国的读者解答这个疑惑，告诉大家我们是如何借助视觉来识别他人的。

触觉识人是最为普遍的，但这些仅适用于较低的社会阶层。视觉识人则在上层社会更为普遍，当然还要在气候温和的地区才行得通。

不同地区和社会阶层间的视觉识别能力可以说很大程度上得益于常年笼罩的大雾。除了热带地区以外，雾气遍布全国各地。在你们那儿，大雾遮挡风景，令人心情沮丧，还可能对人们的健康造成损害，无疑算是一种灾害。但对我们而言，雾气就如同空气一样珍贵，它是我们的艺术女神和智慧源泉。

这里我稍微解释一下：如果没有雾气，那么所有的线段都将清晰可见，难以区分。在一些干燥透明的乡村地区，线段的清晰度确实相同。然而，在雾气充足的地区，例如 3 英里[①]外的物体相较于 2 英尺[②] 11 英寸的物体，其清晰度显然较低。因此，在有雾的地方，通过观察和比较物体间的清晰度，我们就能够准确地推算出所看到物体的形状。

我们不妨举一个例子，这样能让你们更清楚地理解我的意思。

假设现在有两人向我走来，一个是商人，另一个是医生，也就是等边三角形和五边形，那么我该如何凭借视觉区分他们呢？

其实在平面国，对于略有几何学知识的孩子来说，这是件很简单的事情。假设我能让自己的眼睛正对着陌生人的一个角（角 A），视线恰好位于两条边 CA 和 AB 的中央，这两条边在我的眼中是完全相等、同等清晰的。

如图 3 所示，先看图 3（1）表示的商人，我们会发现线段 DAE 的中点 A 异常明亮，因为它距离观察者最近；两侧的部分则显得非常暗淡，边 AC 和 AB 几乎被浓雾所遮蔽，所以商人的远端两点 D 和 E 显得非常模糊。

再看图 3（2）表示的医生，尽管看到的也是线段 D'A'E'

---

①　　1 英里 ≈ 1609.34 米。——编者注

②　　1 英尺 ≈ 30.48 厘米。——编者注

以及明亮的中点 A′，但其两侧并不会像右图那样迅速地变暗淡。这是因为边 A′C′ 和 A′B′ 以更平缓的角度隐没在大雾中，因此在我们的视线中，医生的两点 D′ 和 E′ 会比商人的 D 和 E 要亮得多。

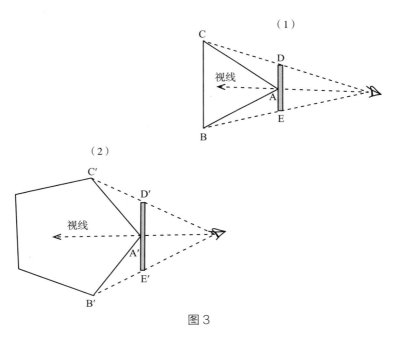

图3

通过上述两个例子，你们应该能够理解，平面国知识水平较高的阶层经过长期的训练和实践，能够凭借直观的视觉较为准确地区分中下阶层。无须冗长的解释，智者自会领悟其原理。然而，对于经验不足的年轻人，也不要就觉得视觉识人非常简单，现实生活中视觉识人面临的问题远比大家想象的微妙和复杂。只要空间国的朋友们能够接纳这一观念，不认为我的论述荒诞无稽就好。

假设我的三角形父亲向我走来，恰好以侧边而非顶角面对我时，除非我请求他转身，再或者我绕至他身旁，否则就可能会误认为他是一条代表女性的线段。同样，当我两个六边形孙子一同行走时，如图 4 所示，如果我正面注视他们的一条边 AB，那么整条边 AB 都相对清晰，而较短的边 CA 和 BD 则沿 C 点和 D 点的方向变得越来越模糊。

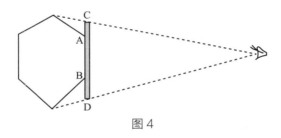

图 4

虽然继续这个话题很有诱惑力，但在此我不想赘述。空间国里水平最差的数学家也知道，受过良好教育的图形们在移动、旋转、前进或后退的过程中，还需借助视觉，动态识别社会上层的多边形贵族，这种情况在舞会或座谈会上屡见不鲜。其难度不言而喻，让最聪明的学者也会感到棘手，同时也为声名显赫的健桥大学的几何学教授提供了展示才华的机会，这所大学定期为社会各界精英开设视觉识人术等相关课程。

不过，能听课的都是最具财富与地位的上流社会家庭，只有他们才有充足的时间和资本去涉猎这些高雅且昂贵的视觉艺术，普通商人或农奴就死了这条心吧。而且别说他们了，我的两位六边形孙子倒是形状规则、颇具潜力，但我自己只是一名普通的数学家，面对旋转的多边形时，也只能是束手无策。其实我们和亲爱的读者一样，如果你突然来到我们平面国，肯定也是完全不能理解这种景象。

置身于这群人之中，你的四周尽是笔直的线条，只是在不同部位的亮度稍有差异。即便学完大学三年级的五边形和六边形课程，并将整门课程的理论熟记于心，也仍然需要经过多年的实践，方能在上流社会中游刃有余。你还要具备丰富的知识与修养，方能避免失礼之举。请求他们"触摸"你就显得格外失礼，他们对你的行为洞若观火，而你对他们却知之甚少。总之，唯有多边形自己方能游刃有余地置身于多边形的上流社会，这是对我惨痛经历的一点总结。

经年累月的练习让我们能够以视觉识人从而避免"触摸"他人，后者我也称之为本能，这一点着实令人惊叹。大家可以想象一下你们世界中的聋哑人士，一旦能够用手势与他人交流，那他就肯定不会再去学习更为复杂但更有价值的唇语和读唇术。他们的手势与唇语正犹如我们的"触觉"与"视觉"，任何自幼过度依赖"触觉"的人都难以完全掌握视觉识人术。

正因如此，平面国的上流社会非但不鼓励"触觉"识人，甚至还会严格禁止。上流阶层的子女自孩童时起，就被送往一流的教会学校，不会进入公立小学接受触觉教育。在声誉卓著的健桥大学，若学生初次违反"触觉"识人的规定，将予以休学处分；若再次犯规，则会被学校开除。

然而，在底层社会中，视觉识人的艺术却是人们难以企及的奢侈品，一个普通商人根本无法想象子女要耗费三分之一的人生去学习那些抽象的知识，贫困家庭的孩子更是要早早开始凭借"触摸"识人。多边形阶层的孩子接受教育则相对较晚，部分孩子小时候甚至看似发育不良、行动迟缓。相比之下，贫困家庭的孩子则显得更加早熟，更加充满活力。不过，当前者完成大学学业，能够开始运用视觉识人术等知识时，他们的变化可谓焕然一新，无论是在人文艺术领域还是科学技术领域，多边形的孩子都会迅速地将三角形竞争对手远远甩开。

当然，多边形阶层中也有极少数人无法通过大学的毕业考试。这些不成功的少数人的处境就相当悲惨了，他们不仅被上层社会排斥，还受到下层社会的鄙视。他们既没有学到上流社会本科生和研究生的系统知识，也没有商人阶层年轻人的成熟与干练，行业协会和政府部门也都对他们关上了大门。尽管多数地区都不会禁止形状不规则的人结婚，但实际上这些人很难找到合适的伴侣，因为经验表明，即使偶尔找到了另一半，他们的后代也要么形状不规则，要么命途多舛。

　　然而在历史上，正是在这些被贵族阶层抛弃的不肖子弟中，多次涌现出了大革命和暴乱的领袖。这些起义影响深远，以至于少数富有远见的政客认为应严厉镇压这些人，他们建议通过立法判处那些大学毕业考试不及格的人终身监禁，激进的更是建议以无痛方式将其处决。

　　聊到这里我发现有点儿跑题，开始讨论起不规则图形的话题了。在平面国中，不规则图形是一个十分重要的问题，接下来让我们单独讨论一下。

07　形状不规则的图形

前面的论述都有一个很重要的假设前提：在平面国中，所有居民均为规则图形，形态特征均匀一致，此现象被视为上天赋予的规律。女性表现为笔直的线段，工匠和士兵的两条侧边边长必须相等，商人三条边完全等长，像我一样的正方形律师则四边相等，通常情况下，在每个多边形中，所有边长也都要相等。

边长的长短与个体的年龄有关，新生儿的女性长约1英寸，而高大的女性可能达到1英尺。至于各个阶层的男性边长总和则略超过3英尺。我们关注的是边长是否相等，而非其具体数值。不需要太多思考就可以意识到，平面国整个社会体系的基础其实就是大自然期望我们拥有相等的边长。

鉴于我们的边长相等，哪怕是等腰三角形也有至少两条边相等，那么大家只需要目测或轻微触摸就可以确定每个角的度数。想象一下，如果每一个人的边长都不相等或者说内角度数也千差万别，那么人们识别彼此就得逐一触摸辨别各角，如此一来，可能我们短暂的一辈子只能用来摸角了。不仅如此，视觉识人的技巧也将随之消失。人际交往将充满风险，信任荡然无存，人们对形状的预判能力也会大打折扣，即使在最简单的社会交往中，生命也随时处于危险之中。总而言之，整个文明将因为不规则形状的出现而陷入混乱。

你可能觉得我在危言耸听，事实上只需稍加思考，你就能在日常生活中找到一个简单的例子，进而推断出我们整个社会体制都建立在人们都拥有规则的形状之上。想象一下，某日你在路上遇见两三个人，瞥见他们暗淡的侧面后，就可以立即判断他们是商人，进而邀请他们回家共进午餐。

刚开始你信心满满，因为众所周知，每个成年三角形的占地面积不过两三平方英寸。然而，你回家后却突然发现其中一个"等边三角形"商人居然是对角线长达十二三英寸的平行四边形！惊叹之余，你可能更加郁闷，这样一个庞然大物是怎么进入你家大门的呢？

倘若我继续描述空间国中常见的一系列琐事，这无疑是对诸位智力的侮辱。显然，如果形状并不规则，那么仅凭一个内角并不能确认一个人的身份，人们需要用一生去感知甚至是猜测自己朋友的身份和地位。即使是受过良好教育的平面国人，如何在人群中避免冲突也足以考验他们的智慧。如果没有人能计算出相应的规律，就会引起混乱，哪怕是最轻微的恐慌都会造成严重的伤害，不难想象，尤其是当女性和士兵在场时，严重的伤害甚至是致命的悲剧都将不可避免。

　　既然大自然赋予我们规则的形状，我们自然也应当遵循自然规律去生活。在这里，"形状不规则"就如同空间国中的道德败坏和犯罪行为，也应受到相应的惩罚。诚然，我们的社会中的确存在反对者，他们坚称形状不规则与道德沦丧之间并无必然的联系。他们还认为："形状不规则是与生俱来的，却要遭受家人的嘲讽和嫌弃，要遭受社会的鄙视和排斥，甚至无法参与任何重要活动。从出生起，一言一行、一举一动都受到警察的严密监视。稍有差池，不是被判处死刑，就是被关进政府机构担任七品小文员。形状不规则的不仅无法结婚，还只能出卖劳动力换取一份微薄的收入，吃住都在工作岗位上，甚至度假期间也要受到严密的监控。面对如此残酷的待遇，即使再纯洁而正直的天性也会被摧残得面目全非吧！"

　　然而，这些似是而非的观点并不能说服我，明智的政治家也同样嗤之以鼻。很早很早以前，祖宗就留下遗训，"宽恕不规则形状必定危害国家安全"。我们承认，不规则形状的生活殊为不易，但为了多数人的利益，平面国不得不牺牲他们。试想一下，如若容忍一个头部呈三角形的多边形存在，并让其繁衍更多不规则后代，那我们的社会得乱成什么样子？

难道我们的房屋、大门、教堂都要为此进行改建？难道看戏或听讲座时检票员还要测量每个人的角度？很多问题也接踵而来，不规则形状是否可以免除兵役？如果参军，又该如何防止他们将负面情绪传染给战友？不仅如此，这些不幸者势必也会从事一些欺诈行为，三角形商人将很容易顶着多边形的角冒充多边形，然后跑到信任他们的商店里大肆购买各种商品！算了，不说了！就让那些伪善的慈善家们继续徒劳地呼吁吧！反正我个人从未见过哪个人形状不规则却还能遵纪守法的。他们要么虚伪，要么厌世，有的甚至作恶多端、罪恶累累。

有些地区对于不规则图形的管控十分严格。有的地区规定，所有刚出生的婴儿，如果内角不规则程度超过半度，那么一律立即处死。不过同时我们也不得不承认，一些天才级的大师年轻时的偏差高达 45′ 甚至更多，想想如果他们因此而英年早逝，实在是国家不可挽回的损失。

所幸的是，我们的医学技术也在发展，尤其是在压缩、拉伸、钻孔及包扎手术方面取得了辉煌的成就，不规则形状的矫正再不是什么难题。所以如果问我个人什么意见，我倾向于保持中立——不把所有不规则的形状一棒子打死，但如果真是医学无法治愈的不规则形状，还是早些无害化处理，免得他们遭受一生的痛苦。

08 五彩斑斓的年代

平面国的生活是略显单调的，这一点相信读者都能感受到。我不是说这里没有战乱诡谲、没有政治动荡或党派纷争，人生困惑与数学难题奇妙地交织着，人们探索、争论，这里的生活也有空间国难以体味的乐趣。然而我要说的是，从美学与艺术视角来看，我们的生活确实单调，非常单调。

平面国中的自然景观、历史遗产、肖像艺术、花卉生物，乃至一切生命，皆为线段，除明暗之外别无二致，这种生活又怎么可能不单调呢？

不过事情并不总是这样。根据历史记载，我们的世界并非一直只有明暗，曾经就有一段长达 600 多年的时光，先辈的生活充满色彩的欢乐。一位五边形的先祖意外发现了元色彩，并由此掌握了基础的绘画技巧。相传他先装点了自己的房子，然后又给奴隶、家族成员乃至自己都涂上了色彩。这种装饰简洁美观，深受众人喜爱。

他很快就引起了人们的关注和尊敬，权威的大人物们不约而同地称其为"色彩学家"。因为色彩鲜艳，人们不再需要通过"触摸"来辨别他，也不会将他前后颠倒。邻里们无需计算即可了解他的行为举止，人们纷纷为他让道，绝对不会有什么人碰到他。在拥挤的人群中，无色彩的正方形和五边形需要竭力喧嚣才能顺利通行，而他却无需发出任何声音。

他的创新之举如野火般迅速蔓延。不到一个星期，除了少数保守的五边形仍坚守传统外，当地的正方形和三角形纷纷效仿；一两个月后，十二边形们也纷纷采纳了这一创新成果。这一方法自然而然地迅速传播至周边地区。不到一年的时间，除了顶层的上流社会外，各个阶层均争相追捧，着色之法在全国蔚然成风。经过两代人的传承，除了女性和牧师，平面国中的所有图形都被涂上了色彩。

不过，上天似乎设置了一道无法逾越的难关，使得着色对女性和牧师就没什么用。

多边形的多条边是色彩创新的基础。那个时代人们普遍认为："自然赋予了我们不同的边数，不就是为了分辨色彩吗？"这一观念口口相传，整个城镇都为之改变。不过，这一理论对于牧师和女性而言并不适用。女性仅具有一条边，而在数学的角度上，并没有所谓的边；牧师亦是如此，他们自认为完全属于圆形阶层，而非拥有多条短边的高级多边形。也正因此，牧师和女性都不相信边数是为了暗示色彩的差别。于是乎，当其他人都无法抗拒色彩的诱惑，纷纷为自己涂抹斑斓的色彩时，唯有牧师和女性仍保持纯洁的本色，从未被色彩所沾染。

你大可以说这些给身体涂色的人伦理丧失、行为放纵、目无法纪或极不科学……但无论如何，从美学角度来看，那段色彩斑斓的历史都可谓是平面国艺术发展史辉煌的幼年时代。

可悲的是，幼年并未能步入成熟的中年，甚至未能进入青少年阶段。生活在那个时代已然是一种幸福，生存的意义至少在于亲眼见证了这一切。即便在小型聚会中观察芸芸众生，想想那种感觉也足以令人愉悦了。

据说，最博学的教师和最具经验的表演者都曾经不止一次在教堂或是剧院里被色彩斑斓的服饰所眩晕。最为壮观的景象莫过于盛大的阅兵仪式，两万个等腰三角形士兵组成的队伍突然转向，底边的黑色瞬间变为两侧的橙色或紫色；等边三角形民兵方阵身着红、白、蓝三色军服；着淡紫、深蓝、橙黄及焦土色军装的正方形炮兵们在朱红色大炮旁迅速换位；五边形和六边形的外科医生、几何学者和侍从武官一一通过……曾经就有一位战功赫赫的圆形元帅，完全沉醉于部队繁多色彩的服饰，将指挥棒和绣有皇冠的肩章扔在地上，大声宣布愿用指挥棒和肩章换取艺术家手中的画笔。时至今日，我们仍能从当时丰富的语言和词汇中，一窥那段历史的辉煌及其美学的成就。

　　在那个色彩斑斓的年代，最为寻常的民众所使用的日常话语都富有无比浪漫的气息和格外深邃的思考，我们对那个年代心怀感激，事实上，所有最优美的诗歌、所有学术语言的韵律，都源于那个色彩斑斓的年代。

09 《全民色彩法案》

但与此同时，知识的艺术正在迅速衰落。

先是视觉识人术很快失去了市场，几何学、静力学、动力学等相关学科亦被视为多余，在大学教育中式微，鲜有人关注。不久，触觉识人术在小学和幼儿园里也遭遇了相似的命运。再然后，等腰三角形认为小学无需应用三角形样本，随之拒绝献身于教育服务领域。他们无需再接受教育机构的驯化，也不再需要改良粗野秉性，亦无需承受降低人口数量的制约。这也导致等腰三角形人口数量不断壮大，他们也变得越来越傲慢。

很快，士兵与工匠就认为自己应该与最高级的多边形平起平坐，他们深信仅凭色彩识人术即可解决各类生活问题，哪怕是静力学和动力学方面的挑战也不在话下。他们更加坚定地认为，自己与多边形阶层之间并无显著差异，老实说，这种想法也并无不妥。他们开始反抗视觉识人术曾经加之于身的"天然的歧视"，大胆提议要立法禁止"贵族专属的垄断技艺"，同时建议取消对视觉识人术、数学及触觉研究的资助。之后，这些人又进一步主张，既然色彩已成为所有图形的第二属性，那么阶层之分也就随之不复存在，法律应该公平对待所有人，确保各个体与阶层享有平等的地位和权利。

革命领袖们很快就发现，上级阶层对于变革迟疑不决，于是又进一步强化了革命诉求。他们的核心主张是，所有阶层，包括牧师和女性在内，都应该用色彩装点自己，以此表达对色彩的尊重。有人提出牧师和女性没有边，无可装饰，革命领袖们则反驳，上天早已注定，眼睛和嘴巴所在的前半身与后半身应当有所区别。在一次规模空前的平面国全国特别大会上，他们提交了一份提案，建议每位女性将眼睛和嘴巴所在的前半身装饰为红色，其余部分则装饰为绿色。近乎圆形的牧师也应如此，以眼睛和嘴巴为两个端点的前半圆为红色，后半圆则为绿色。

然而，这个提案背后的玄机远不止于此。它并非由等腰三角形提出，因为等腰三角形地位较低、思维简单，更遑论擘画什么治国方略。实际上，这个提案的始作俑者是个不规则的圆形，他本应童年时期就被处决，却因当局者短视的宽容而幸免于难，如今，他却注定要让整个国家战火纷飞、生灵涂炭。

这个提案的首要目标是引导各阶层女性转向支持色彩革

命。通过立法确保女性和牧师身着两种相同色彩，革命分子可以实现让每一位女性从特定视角看上去与牧师无异，从而使她们获得平等尊重。显然，这一提案必将深受广大女性阶层的支持。

部分读者可能对此存有疑问，牧师与女性如何做到在外观上完全相同呢？其实这并不难理解。

先假设一位女性根据新法令进行着装，前半身的眼睛和嘴唇部分着红色，其他部分则呈绿色。从侧面看，她是不是就是根一段红色、一段绿色的线段？

再假设一位牧师也根据新法令进行着装，如图 5 所示，嘴巴为 M 点，前半圆 AMB 为红色，后半圆为绿色，线段 AB 恰好将整个圆分为红色与绿色两部分。当你注视这位德高望重的牧师时，视线恰好在线段 AB 上，那么实际看到的其实是线段 CD，一半 CB 为红色，另一半 BD 为绿色。整个线段 CD 或许比成年女性的身长短，色彩也在两端逐渐淡化。但是人们首先看到的是色彩，继而引发人们对色彩代表的身份也就是社会阶层的联想，细节则很容易就被忽视了。你肯定还记得，早在"色彩革命"时代开始不久，视觉识人术就已式微；不仅如此，女性们很快就学会了如何使色彩在两端逐渐淡化，从而显得更像圆形阶层。如此一来，我亲爱的读者，《全民色彩法案》实际上是把整个平面国置于牧师、女性不分的巨大风险之中。

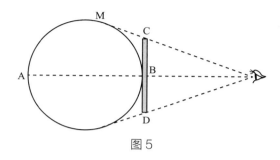

图 5

　　不难想象，处于弱势地位的女性阶层对于这一愿景表现出了极大的热情。她们满怀期待地迎接即将到来的"身份认同"。在家中，她可以轻易听取原本只有丈夫和兄弟才能耳闻的政治与宗教秘闻，部分女性甚至能以牧师之名发号施令。在户外，由于仅有的红绿两色，民众很可能被误导，进而犯下诸多错误，女性们则在路人的敬仰目光中获得圆形阶层日渐逝去的尊严。女性的各种轻率与过分的行为则会转嫁至圆形阶层，令其背负恶名，甚至导致整个社会结构颠覆，但她们依然坚定不移。尤其令人惊讶的是，甚至连圆形阶层的女性也一致支持实施《全民色彩法案》。

　　法案的第二个目标也正在于此，意为逐步削弱圆形阶层在道德层面的优越感。在过往的社会中，智力水平普遍较低，圆形阶层还能维持其高贵与优雅的特质。自童年时期起，他们便在家中适应了无色彩的环境，因此他们始终坚守神圣的、仅通过智力培养方可掌握的视觉识人术。直至《全民色彩法案》之前，他们仍然固守传统，表现出截然不同、不落俗套的姿态，彰显着居高临下的优越感。

时光荏苒，这个恶毒法案的实际发起人，也就是那个狡猾的不规则圆形的目的正在于此。他坚决主张强制圆形阶层必须执行《全民色彩法案》，必须着色，真正的意图就是为了降低圆形阶层的社会地位。不仅如此，法案还试图剥夺圆形阶层纯洁而无色的住房，阻止他们在家中训练视觉识人术，这样就能降低圆形阶层的智力水平。

一旦受到色彩的污染，无论老少都会日渐消沉，在分辨父母时，圆形阶层家庭的婴儿会不断遇到母亲男性化外表带来的麻烦，对两性的准确认知无法正常建立，自信心也就会不断遭受摧残。如此一来，牧师阶层的智力优势便不复存在，整个贵族阶层和特权阶层也就会慢慢地分崩离析。

10 镇压色彩暴乱

———————

　　《全民色彩法案》实施引发的动荡持续了三年，直至临近尾声之际，那些骚乱的煽动者仍然信心满满，仿佛已胜券在握。

　　多边形不得已自己作战，并组建了一支军队，但最终仍被更为强悍的等腰三角形彻底击败。在此期间，正方形和五边形始终保持中立，观察着局势。不幸的是，一些优秀的圆形领袖沦为夫妻间矛盾的牺牲品。在政治仇恨的驱使下，许多贵族家庭的妻子在丈夫面前喋喋不休，恳求他们放弃反对《全民色彩法案》。更有甚者，在劝说无果的情况下，这些女性开始袭击并杀害自己无辜的孩子和丈夫，最终也在混乱中葬送了自己的生命。据记载，在那场持续三年的动乱中，至少有 23 个圆形贵族丧命于夫妻之间的同室操戈。

　　整个贵族阶层陷入了岌岌可危的境地，牧师们要么投降，要么就要被消灭，似乎没有其他出路。关键时刻，一件离奇的

小事成了扭转局势的关键。如今看来，政治家们应该要更加重
视此类偶然事件，必要时甚至还需要主动策划，因为这些事件
明显能够更加强烈地拨动民众的情感。

　　事件发生在一个地位低微、头脑简单的等腰三角形身上，
其顶角不超过 4 度。有一次，这个等腰三角形抢劫了一位商人
的商铺，然后就开始摆弄商人的色彩。他为自己染上了十二边
形的 12 种不同颜色，当然也有另一种说法，说他只是不小心
溅上了店中的颜料，而不是故意给自己染色。

　　之后他走到市集上，用伪声和一位多边形贵族的女儿搭
讪，彼时后者刚刚失去双亲。其实之前这个等腰三角形就曾经
试图追求过那位高贵的女孩，可惜失败了。这次邂逅，在他各
种甜言蜜语的骗术攻势下，加之诸多巧合事件（多到无法用三
言两语说清），当然亲戚们的愚蠢和粗心大意也是不可忽略的
原因，总之他竟然赢得了这位可怜女孩的芳心。

　　然而这并不是悲剧的全部。婚后，这位姑娘很快就发现自
己误入彀中，刚烈地了结了自己的生命。

　　这桩惨剧在全国传得沸沸扬扬，女性们的情感被迅速煽动
起来。她们既深深地同情那位逝去的少女，同时又担心总有一
天这种欺骗会祸及自己或是自己的姐妹与女儿。一时间，女性
们不约而同地反对起了《全民色彩法案》，在稍加引导后其余
人士也纷纷转变了立场。借此有利时机，圆形阶层立即召集全

国特别大会。大会不仅像平常一样让犯人担任安保人员，同时还邀请了大量反对色彩革命的女性参加。

当时的圆形阶层首领叫潘多塞克拉斯，此次规模空前的会议上，他在 12 万等腰三角形的嘘声中出场。出人意料的是，他宣布愿意接受《全民色彩法案》，圆形阶层愿意服从大多数人的意愿。等腰三角形们的嘘声和抗议声瞬间变成了雷鸣般的掌声，潘多塞克拉斯还邀请此次风波的引领者也就是那位"色彩学家"一起到场，让他代表所有追随者接受统治阶层的投降。潘多塞克拉斯还发表了一篇堪称典范的演讲，演讲持续了快一天，内容繁多，难以一一概括。

潘多塞克拉斯严肃且不偏不倚地表示，既然他们致力于改革与创新，那就有必要对整个议案进行最后一次审议。审议既要分析《全民色彩法案》的优势，也要理性兼顾潜在的不足。他看似有意无意地提及该法案对商人、专业人士及绅士阶层所带来的潜在威胁，此时等腰三角形们再度陷入低声议论，潘多塞克拉斯则又一次适时"退让"，表示只要多数代表通过，即使法案存在诸多瑕疵，他也愿意予以支持。等腰三角形们的骚动再次被平息。但是，显然除等腰三角形外，其他各个阶层均已受到圆形首领发言的影响，他们或者保持中立，或者已经开始反对《全民色彩法案》。

随后，潘多塞克拉斯又将注意力转向工人阶层，他强调，工人的利益不容忽视，但倘若他们打算接受《全民色彩法案》，那么他们至少应该全面考虑该法案带来的潜在后果。原本许多工人有望晋升至等边三角形阶层，而另一些人则有望见证他们的子女获得自己无法企及的荣誉。然而，一旦《全民色彩法案》通过，所有荣誉都将成为历史，规则阶层与不规则阶层之间将永远平等，各个阶层不仅无法代代进步，反而会逆水行舟不进则退。

工人阶层显然已经开始默许圆形首领的观点，那位"色彩学家"听后不禁惊慌失措，试图起身反驳。然而，他早已陷入卫兵的包围中，不得不保持沉默。接下来，这位圆形首领又开始鼓动女性。他严厉说道，一旦《全民色彩法案》通过，所有婚姻都将失去法律保障，女性所获得的荣誉也将不复存在；每个家庭中将充斥着欺骗与虚伪。最后，他不无悲痛地歇斯底里道："而这之前，死亡早已降临！"

令人始料未及的是，最后那句话竟是他们约定的行动信号。话音刚落，等腰三角形中的囚犯立刻冲上前去，残忍地杀害了那位不幸的"色彩学家"。紧接着，规则图形阵营陡变，他们主动让出一条道路，圆形贵族们引领着一队女性转身迎向尚未回过神来的士兵。此时，工人们纷纷效仿规则图形的做法，保持中立，另一群囚犯则早已将各个出口严密把控。

这场战斗或屠杀呈现出一边倒的态势，整个过程持续时间很短。在圆形贵族的熟练指挥下，几乎每一位女性都变身为致命的杀手。她们中许多人都能直接击杀敌人，自身却毫发无伤。对面的等腰三角形则陷入了群龙无首的混乱之中，他们腹背受敌，前方遭受隐身女性的攻击，后方又被犯人们切断了退路。不一会儿，整个等腰三角形阵营便纷乱不堪，所有人口中都大声喊着"叛徒，叛徒"，这句口号最终断送了他们自己的性命，因为，等腰三角形都误以为对方指责自己是叛徒，自相残杀随之而来，女性们甚至都没有发起第二次进攻，等腰三角形的阵营便已土崩瓦解。不到半小时，十余万名叛乱者悉数倒在同伙锐利的角下，他们的生命逝去了，往日的安宁和秩序胜利了！

　　圆形阶层马不停蹄地扩大战果，尽管工人阶层得以豁免，但其数量也大幅减少。等边三角形民兵队伍被迅速组建起来，根据新规定，只要理由充足，无需经过社会委员会严格审查，任何疑似不规则的图形均可由军事法庭直接判处死刑。士兵和工匠家庭将接受超过一年的随机检查。在此期间，无论城市、乡镇还是村庄，只要是没有被送往学校充当样本的底层人口，再或者是与人口构成自然法则比例不协调多出来的可怜的等腰三角形，全部被立即清除。

　　毫无疑问，自那以后色彩被彻底废除了，拥有色彩亦被严格禁止。除圆形阶层及具备资质的科学教师外，任何使用表示颜色词汇的人都将受到严厉的惩罚。只有面向最高贵、最神秘阶层开放的大学中，或者是在解释深奥数学问题时，人们才被允许使用有限的色彩词汇。而我，从未有幸进入那般高级的学府，所有的这些内容不过是道听途说罢了。

  在平面国的大部分地区，色彩早已荡然无存。全国仅有一个人掌握着制造色彩的奥秘，那就是现任的圆形领导者。只有等他弥留之际，才会在病榻上将此奥秘传授给继任者，这也是该奥秘传承的唯一途径。为确保秘密不被泄露，平面国每年都会处决一批工人，新手也随之填补空缺。现如今，想起《全民色彩法案》，即使是处在云端的贵族们也依然不寒而栗。

11 平面国的牧师

东拉西扯了这么多，无非是些平面国的概况，本书的重点并不在此，我的目的是想启发人们对于神秘空间的探索，至于前面的内容，大家就权当是序章吧！

也正因此，我在前文其实省略了不少东西，但我坚信，读者们对此一定充满好奇。例如，如何在没有腹足的情况下迈步和止步？如何在没有双手的情况下，运用木头、石块和砖头盖房子？又如何在没有横向压力的环境中打地基？再比如，平面国的雨水为何定期在各地降落，北方地区为何不会拦截本应落往南方的雨水？我们的高山、矿藏、树木和蔬菜又有何种特性？四季更替和农作物收割又是何种景象？我们的字母表和书写系统如何适应线段型便签？这样的例子还有很多，但我不想赘述，并不是因为我忘了或者说压根儿不知道，只是为了节省你们宝贵的阅读时间。

但是，在阐述本书主旨之前，有必要对平面国的中流砥柱进行简要的概述。他们不仅是行为规范的制定者、命运的主导者，也是我们敬仰和尊崇的对象。毋庸置疑，这便是圆形阶层，也被称为牧师。

尽管被称为牧师，但他们的职责其实远超出了这一称谓的字面含义。牧师实际上是商业、艺术和科学领域的管理者，他们监管贸易、政治、军事、建筑工程、文化教育、法律道德以及宗教等各个领域。他们是各项事务的发起者，却并不参与具体工作，一切事务自有他人负责处理。

其实圆形只是普遍民众的叫法，教育程度较高的人群深知圆形并非绝对的圆形，而仅仅是一个具有很多条小边的多边形。多边形的边数越多，其形态就越接近于圆形。当一个多边形的边数达到三四百时，即便最精确的触觉识别方法也难以分辨其内角度数。事实上，真正的挑战并非如此，如前所述，上层社会并未掌握触觉识别的方法，他们认为通过触摸来判断形状是对他们的侮辱。上层社会拒绝使用触觉，这为圆形群体蒙上了一层神秘的面纱。所以，他们自小就刻意隐瞒自己的边数。多边形的周长平均为 3 英尺，一个拥有 300 条边的多边形，每条边长不会超过百分之一英尺，也就是十分之一英寸。而对于拥有六七百条边的多边形，每条边长仅相当于空间国一个针头的宽度。而为了表示敬意，人们宣称现世的圆形领袖拥有一万条边。

按照自然法则，规则图形的后代边数会逐代增加。然而，圆形阶层的后代晋升规则却不受此定律约束。事实上，如果该定律适用于所有阶层，圆形阶层的边数将仅是一个纯粹的系谱和数学问题。举个例子，等边三角形的第 497 代子孙必将成为拥有 500 条边的多边形。然而实际情况并非如此，大自然对圆形阶层的繁衍设置了两条严苛的规定。第一，随着阶层提升，边数的增加将变得非常快；第二，随着边数的增加，不孕不育的概率也大大提高。事实上，500 条边的家庭基本就绝后了，同时生育两个或更多儿子的家庭更是从未出现过；另外，一旦 500 条边的家庭喜得贵子，那孩子的边数倒是可能高达 550 甚至 600。

上级阶层的进化还得益于医学技术的进步，医生们意识到，上级阶层多边形婴儿娇小且脆弱的侧边可进行折断手术，从而精确地重塑其外形。举例来说，一个拥有 200 或 300 条边的多边形个体在特定情况下可以选择手术方式折断子女的每一条边，使其直接跨越 200 甚至 300 代。当然，这并不是说情况总是如此，断边手术的风险是极高的。但是诱惑则更大，子女的多边形边数一旦得以翻倍，地位也就更为显赫。

众多前景光明的孩童就这样成了此类手术的试验对象，但仅有百分之一的幸运者能够存活。然而，那些身处权贵边缘的多边形家长依然趋之若鹜，几乎所有贵族家庭都会在满月之前就把孩子送上手术台。

　　成败取决于接下来的一年。一年之后，绝大多数孩子都会死亡并为医院墓地增添一座新的墓碑。偶然的幸存者则会迎来盛大的庆祝活动，幸运儿被送回给他欣喜若狂的父母。从此，他就将从多边形变为圆形，至少在礼仪上他已经变成了圆形。

　　丑小鸭变天鹅的故事吸引着一对又一对的父母，他们义无反顾、前赴后继，更多的孩子就这样走上了不归之路。

12 牧师的教义

牧师的教义可以简单地归纳为一句格言："外形决定一切。"

无论在政治上、宗教上还是道德上，所有教义都教导着人们持续提升个人和集体的外形，以便早日跻身圆形阶层，与这一目标相比，余下的一切都不足为虑。

圆形阶层的丰功伟绩之一就是有力地阻断了自古以来流传的种种错误观念。在这些错误观念的影响下，人们曾误以为不应以貌取人，个人的命运取决于意志力、勤奋、训练、激励和赞美等诸多要素。色彩革命的平息者潘多塞克拉斯，则让平面国的人们深信外形决定命运。若你出生在一个形状不规则的等腰三角形家庭，除非去等腰三角形医院接受外形矫正手术，否则人生必将充满曲折。同理，倘若你是一个外形不规则的三角形、正方形或多边形，也必须前往整形医院治好自己的先天疾病，要不然等待你的不是茫茫的铁窗生涯就是刽子手锋利的锐角之刃。

潘多塞克拉斯先生将各类行为过失全都归咎于外形的偏离，包括但不限于从轻微的行为失范到严重的违法犯罪。这些偏离可能源自人群中的碰撞，可能源自过度或不足的体育锻炼，也可能源自气温剧变导致身体脆弱部位的萎缩或肿胀……

这位卓越的哲学家由此断言：严格而言，善恶行为不应成为赞誉或批评的对象。例如，当一个正方形坚定地维护客户利益时，我们应该关注的是他标准的外形，而不是赞扬其正直的行为；同样，面对不规则"等腰三角形"两条不等长的侧边，该谴责的也该是其固有的缺陷，批评他撒谎或是偷窃则毫无道理。

从理论上看，这一观点貌似无可挑剔，但在实际应用中却存在诸多问题。一个等腰三角形无赖无法自制地犯了盗窃罪，如果你身为地方法官，当然可以说他"因为无法控制自己骚扰了邻居"，一份死刑的审判书就足以了结案子。但死刑却不适用于家庭纷争，"外形决定一切"的理论在某种程度上陷入了自相矛盾，使得"清官难断家务事"。

比如，在某些情况下，我的某个六边形孙子在请求原谅时，就会借口气温变化导致身体不适，说是因此才无法遵守规矩。那我该怎么办呢？因为众所周知的金科玉律，我非但不能责备他，还得努力去帮助他改善外形。换句话说，我不仅无法在逻辑上反驳他的观点，还得买点儿高级糖果点心帮他强健体魄。

这种矛盾让我相信，适度的批评和惩戒对我的孙子在外貌方面可能产生潜在的积极影响，尽管我承认这种推测并无确凿依据。事实上，采取此类策略应对相关困境的并不是只有我一个人，许多担任法官的圆形贵族就口是心非。一方面他们会在法庭上强调规则图形，谴责不规则形状；另一方面，我还亲眼看见他们批评子女时大声使用"对"或"错"等词汇，仿佛他们坚信这些词语代表了真实的存在，也坚信人类确实能够辨识是非。

"外形决定一切"的理念被不断灌输给所有人，伦理道德传统在圆形阶层的影响下发生了颠覆性的改变。在空间国，子女本应尊敬父母，然而在圆形阶层眼中，这一观念完全颠倒。对他们来说，个体应当尊重的是他的孙子，若无孙子，则尊重儿子。这种尊重并非溺爱，而是服从家族的最高利益。圆形阶层教导众人，父亲的职责就是服从自己的子嗣利益，唯有如此，才能为社会全体和自家的子女增益福祉。

但这一体系并非无懈可击，作为一个地位较低的正方形，我觉得从圆形阶层与女性的关系中就可以看出该体系的弱点。

抵制生育畸形后代对于社会进步具有重大意义，鉴于此，那些立志于让子孙逐渐跻身社会精英阶层的男士应该是绝不迎娶有身材异常家族史的女性。但这要怎么执行呢？

对于男性的不规则性，仅需进行测量即可分辨。然而，所有女性在外观上都呈现为规则的线段，因此需要通过其他途径探寻她们潜在的不规则性，进而评估可能对后代产生的潜在影响。为达到这个目的，政府必须对所有女性的家谱进行存档并监管，如果一个女性没有经过政府认证的家谱，那么她就会被禁止结婚。

大家肯定认为，圆形阶层在选择配偶时会高度重视家族荣誉感，并期望生育一位有望成为圆形首领的后代，但实际情况并非如此。社会等级越高，对配偶家族背景的关注度反而相对越低。因为对于雄心勃勃的等腰三角形阶层而言，任何诱惑都无法使他们迎娶一位家族史不规整的女子为妻，因为他们无一例外都期望生出等边三角形的孩子。正方形和五边形阶层相信自己的家族一直在不断进步，自然不会刨根问底看看另一半 500 代之前是什么样的；六边形或十二边形阶层则对妻子的血统更是漠不关心。这样的例子屡见不鲜，曾经就有圆形阶层成员自愿娶了一位曾祖父为不规则图形的女子为妻，可能是因为女方家族地位显赫，再或者是因为她拥有一副迷人的低沉嗓音。人们同样认为，迷人的低沉嗓音也是"女性的一种优秀品质"。

不出所料，这种门不当、户不对的婚姻组合必然很少有什么好结果，后代要么形状不规则，要么边数更少，有的血统不好的女性甚至根本就无法生育。然而，这些恶果并不能阻止其他人纷纷效仿。上流社会嘛！反正边多的是，少个几条别人可能压根儿就发现不了，更何况还能手术呢。此外，鉴于圆形阶层身处上层，他们通常会对无法生育的事实保持缄默。但倘若这种恶行不被遏制，在自然法则下，圆形阶层的人口将迅速减少，或许在不久的将来，我国的圆形阶层就再也无法生育出堪当圆形首领的子嗣。届时，整个平面国的社会也将面临崩溃。

除此之外，还有另一条警示一直在我心中回荡，一条我无法理解的警示。这条警示与平面国女性权益保护密切相关。大约三个世纪前，当时的领导者颁布了一条法令，规定不允许女性接受情感教育，因为他们认为女性感性有余而理性不足。从此，女性就失去了学习阅读的机会，甚至都无法计算丈夫和孩子的角度。这也导致女性的智力水平逐代下滑，可悲的是时至今日，这种反对女性接受教育的政策，或者说消极无为的态度，依然普遍存在。

我所忧虑的是，哪怕制定该政策的初衷是无比正确的，但它在事实上对男性产生了显著的不利影响。

该政策导致的直接结果就是，男性不得不过着一种使用两套语言与两种情感的生活。与女性互动时，我们会使用"爱情""责任""正确""错误""遗憾""希望"等词汇和其他一些非理性情感表达。这些词汇所代表的概念并不存在，虚构这些词语的唯一目的就是控制女性的力量，避免其过于强大。然而，在男性之间或者平面国的书籍里，使用的则是完全不同的词汇，也就是所谓的术语——"爱情"变成了"对利益的期许"，"责任"变成了"必然性"或"适宜性"，其他词汇亦然。此外，在女性面前，我们所使用的语言充满着对她们的崇高敬意，她们也深信我们对她们的爱情不亚于我们对权威的敬畏。可一旦她们转过身后，除了儿童以外，所有人都说她们不过是一群"无脑的生物"。

哪怕是宗教信仰也是一样，涉及女性参与的会议场合和其他场合明显就是两回事。

每每念及于此，我都深感忧虑，平面国的青少年太惨了。语言与思想上的双重做法给他们带来了沉重的负担，尤其是 3 岁之时，男孩子们既要脱离父母的庇护，摒弃母亲所教授的词汇，又要开始接触科学术语。相较于 300 年前祖先的睿智，我们现在国民的数学能力显得颇为不足。如若有一位女性私自学习阅读，并将所学传授给同伴，这将是一幅何等危险的画面。更不必说有些顽皮的孩子可能会无意间向他们的母亲透露出父亲私下所使用的语言。以此可见，不让女性接受教育很可能会损害男性的智力水平，所以我一直在呼吁，希望最高领导层重新审视女性教育政策。

第二部分　其他世界

"啊！新奇的世界，有这么出色的人物！"

13　梦入直线国

那是我们这个国家 1999 年的倒数第二天，也是长假开始的第一天。我全天投入于几何学的研究，即便在晚间休息时，脑海中仍盘旋着一道数学难题。夜里，我做了一个梦。

在梦里，我看到了一群较短的线段，如图 6 所示，刚开始我以为"她们"是女性，但其中穿插着一些更为微小的光点。"她们"沿同一条线段往返移动，而据我观察，"她们"的移动速度几乎是一样的。

"她们"边走动边发出令人费解的嘈杂声，有时还会突然止步，线上也就旋即陷入一片宁静。

我走到一位"女孩"旁边，试图与"她"交流，但对方毫无反应。两次尝试之后，对方依旧不予回应，我有点儿生气了，于是将嘴贴近"她"嘴的正前方，迫使"她"停下，然后大声询问："打扰一下女士，你们在聚会时为何发出这些模糊不清的嘈杂声？为何要在同一条直线上来回往复？"

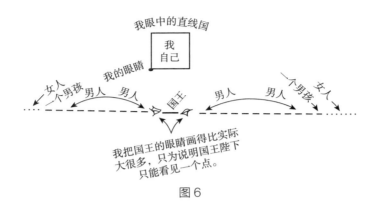

图 6

"我可不是女士，我是这儿的国王！你为什么要入侵我们直线国？"那条"线段"回答道。

面对这出乎意料的回答，我赶忙解释自己是外地人，恳请他宽恕我的无礼之举，同时也请他介绍一番他的王国。可惜的是，国王误以为我只是在故意装傻或者是在和他开玩笑，起初并没有说出什么有用的信息。不过经过不懈追问，我仍然了解到以下一些情况。

这是位困顿且懵懂的统治者，连"国王"的头衔都是他自封的。他一直坚信，被他称为王国的直线就是整个世界，甚至是整个宇宙。他无法走到直线国外，也没法看见外面的世界，因此对直线外的一切事物都一无所知。其实在我第一次跟他打招呼的时候，他就听见了我的声音，只不过他觉得声音的来源有些奇怪，所以并未搭理，按他的说法是："只闻其声，未见其人，声音好像就在我身体里面。"直至我将嘴唇靠近他的世界之前，他根本无法看见我，只能听到一阵模糊的声音冲击着他的外边——其实用他的话说那叫"内脏"。在这条线段之外，一切都是空白。或者说比那更糟糕，空白代表着空间，而他的意思是真的什么都不存在。

他的臣民也都局限在直线上，男人是小小的线段，女人则是亮点。不难想象，他们视野所及之处，除了一个圆点别无他物。在直线国居民的眼中，男人、女人、儿童以及一切物体皆为圆点。他们通过声音才能区分性别和年龄。

直线国的每个居民都占据了国家狭窄的直线道路，没有人能够左右移动，也就不存在什么为他人让路之说。直线国居民在行走时也不存在超越前人的说法，一日为邻、终身为邻。他们国家的邻里关系犹如我们这儿的夫妻，一经结合就直至生命的终结。

如此环境中，满眼皆是圆点，行动受限，生活无疑是沉闷无聊的。我不禁疑惑，国王如何能在如此严酷的生存条件下，仍然过得这般神采飞扬、逍遥自在。组建家庭都那么难，直线国的居民又是如何享受鱼水之欢的？虽然这个问题难以启齿，但在犹豫片刻后，我还是忍不住向国王询问起了他的私生活。他倒是无所谓地爽快答道："你放心，朕的妃子和皇子们都非常健康，非常快乐。"

我不能不对他的回答心存疑虑，因为他的周围明显都是男性。所以我又小心翼翼地开启了一段新的对话。

我："恕我无知，您与您的后妃们之间相隔如此多的人，又没有办法绕过他们，您是如何接近她们的呢？难道在直线国中，婚姻与生育子女无需两性结合吗？"

国王："你怎能问出如此荒谬的问题？如你所言，那宇宙中的人岂不是马上就没了吗？实际情况远不是你所描述的那般，邻里和夫妻关系并没有必然的联系。子女养育关乎国家未来，当然不能依赖无常的邻里关系，这一点每个人都心知肚明。既然你喜欢扮演无知的角色，那我就把你当成最不明事理的孩童吧！给你正式科普下，我们繁衍后代靠的是声音和听觉。你肯定已经注意到了，每个男人除了两只眼睛外，都有两个嘴巴，也可以说每个人天生就有两种嗓音，两个嘴巴分别位于线段的两端，一端发出男低音，另一端则发出男高音。"

我："我就只有一副嗓音，而且我也没有发现您有两种嗓音。"

国王："这更加证实了我的推测，你肯定不是男人，而是一个只会发出低音的女人，而且耳朵肯定也有毛病。听我说，上天规定每个男性都必须拥有两个妻子。"

我："为什么是两个？"

国王："你装傻装得有点儿过头了！如果高低音不能和谐

搭配，世间又怎么可能有美满幸福的夫妻关系呢？如果男子的高低音不能与两位相应高低音女子的相互协调，又怎么能演绎出和谐美妙的乐章呢？"

我："要是一个男人只想娶一个妻子，或者说想要三个妻子，那又该如何呢？"

国王："绝不可能。就像二加一不可能等于五一样，就像人的眼睛无法看见线段一样。"

我本想打断他的话，但他接着说："受到自然规律的支配，每周中间的那一天，我们在直线上的移动节奏相较平日更为迅速，就像你从 1 数到 101 那么快，发出的声音也更为响亮。当这场大合唱进行至你数到第 51 个数时，全体直线国公民都会暂时停下手头的工作，全力以赴地发出他们最美妙、最动听的旋律。正是在这个关键时刻，我们国家的年轻人会寻找到各自的伴侣。男低音会突然提高三度，男高音则转为女高音，即便相隔甚远，女性也能瞬间辨别出她们的真命天子。随后，他们三人历经千难万险，组成家庭，在结婚当日便可生育三个孩子。"

我："什么？每次都生三个孩子？也就是说必定有一个妻子会生下双胞胎？"

国王："当然！你这个低音怪物！不生一男两女，我们怎么保持平衡呢？你连最基本的自然规律都忘了吗？"

　　国王好像被我的问题气得说不出话来，不由得顿了顿，过了一会儿，他才在我的劝说下又打开了话匣子。

　　"当然，这并不是说直线国中所有单身人士的初次求爱都能觅得佳偶。实际上，很少有人初次尝试便能够幸运地邂逅命运之神安排的另一半，很多人都要经过多次尝试方能觅得心仪之人，进而开始美满的生活。求偶过程往往是漫长的，或许男士的嗓音与某位未婚妻和谐相融，却与另一位不甚匹配，或者初始时与两位佳人皆不相宜，又或者女低音与女高音配合欠佳。在这种情况下，命运之神会在每周一次的大合唱后稍作调整，使这三人的嗓音逐渐协调。每一次的声音训练与调整，都在潜移默化中促使原本不完美的一方趋于完美。经过反复磨炼，一切终能达到和谐之境。最后，在某一天的全国大合唱中，三位恋人会惊喜地发现彼此已完美契合，于是三人便立刻结为夫妻。命运之神也必将祝福三位新人，并为他们的新生儿的诞生感到由衷欢欣。"

14 我想给直线国国王讲讲平面国，可惜一切都是徒劳的！

国王滔滔不绝地讲着，我认为有必要教训一下他的傲慢与无知，免得他"坐线观天"、夜郎自大。所以我想要给他讲讲平面国，于是尝试着接管了对话。

我："尊敬的国王，您是如何辨别臣民的形状和所处的位置呢？来到贵国之前我就注意到您的臣民中有的是线段，有的是圆点，而线段之间长度各异。"

国王："不可能！绝对不可能。你肯定是产生了幻觉。事实上，众所周知，从本质上讲，视觉无法辨别线段与圆点。倒是听觉才能帮得上忙，臣民们也是据此了解我的。你好好看看，我是一条线段，而且是直线国中最长的线段，占的空间超过6英寸。"

我："您说的6英寸就是长度吧？"

国王："空间就是长度，再打断我就不说了。"

我赶紧道歉，他则不屑地继续说着："既然你听不懂我说的话，那我正好给你看看我的两个妻子是如何通过声音来判断我的形状的。她们此刻正在 6000 英里 70 码 2 英尺 8 英寸之外，一人在北，另一人在南。我这就召唤她们。"他发出了两个特别的声音，然后扬扬得意地继续，"现在，我的妻子们连续听到我的两个声音，她们会感知到两个声音之间存在时间差。在这段时间差里，声音可以传播 6.457 英寸，她们马上能够推断出这也是我两个嘴巴之间的距离，换句话说，她们会知道我的长度为 6.457 英寸。当然，妻子们无需每次都进行这样的计算，结婚前算一次就够了。同样地，通过这种方法，我可以估算出我每一个男性子民的形状。"

我想是时候用一个很愚蠢的问题刺激下国王了："那如果是一个男人冒充女性的声音该怎么办？或者两张嘴一张真声一张假声又怎么办呢？此类欺诈行为是否会导致诸多困扰？你们是否想过邻里之间用触觉揭穿这种诡计？"

"什么！"国王显然真的被激怒了，惊恐地大喊道，"我不明白你是什么意思！"

我解释说："触觉就是触摸，就是身体之间相互接触。"

国王明显不以为然，随后回答我说："好吧！看来有必要告诉你这个外地人，在我国，身体接触是很严重的罪行，情节严重者可直接被判处死刑。我国坚决保护弱势的女性群体，因为她们极易因身体接触而受到伤害。而且，鉴于视觉上难以区分男女，所以我国法律明确规定，男女之间应保持一定的距离，并避免任何形式的身体接触，进而确保两性之间应有的界限不被破坏。而且，我们的听觉极为发达，很轻松就能听出别人的形状，非法的、不自然的亲密接触也就是你所谓的触摸根本就没有必要。至于你所担忧的由欺诈行为引发的潜在风险，实际上也并不存在。嗓音是每个人的天性，不可能被随意改变。即使我真的有穿透术，可以通过连续穿透上百万个物体来计算大小和距离，那这种既拙劣又不精确的方法又将耗费我多少时间与精力呀！反过来想，只要动动耳朵，就能开展直线国人口普查，我可以听出每个人在肉体、精神以及心灵上的一切，又为什么要舍近求远呢？"

说完这些，他就聆听起来，仿佛陷入了沉思之中。那是一阵窸窸窣窣的声音，就好像有无数的微型蚂蚱扑面而来。我又一次尝试着接管对话。

我："诚然，你们的听觉非凡，能够弥补许多不足。然而，如果我所料不错的话，直线国的生活必定颇为单调吧！每天只能看到一个个圆点，甚至都看不到线段，遑论什么理解了。你们的视野远不如我们平面国宽广！这种所谓的视觉，与盲人何异？我承认我不具备你们那种卓越的听觉，然而，你们所谓听觉盛宴的大合唱，在我看来不过是嘈杂而无意义的鸣叫。还记得我刚来的时候吧？我亲眼看到了你左右摇摆的舞姿，左边7

男 1 女、右边 8 男 2 女，这难道不是事实吗？"

　　国王："是又怎么样？你说的数字和性别虽然都对，但我不知道你所谓的'左边'和'右边'又是什么意思。老实说，我根本不相信你能直接看到东西。怎么可能看到线段呢？你是说你能看到一个人的内部？事实上，你只不过是听见了而已，所谓看见其实只是幻觉。至于'左边'和'右边'，我猜测是你刚才说的南北方的另一种说法吧？"

　　我："不是这样，除了您说的南北外，您也可以在另一个方向上运动啊，那就是我说的'左边'和'右边'。"

　　国王："既然你这么坚持，那就给我展示一下究竟怎么从左到右运动吧！"

　　我："我展示不出来，除非你跟我从直线里跳出来。"

　　国王："跳出直线？你是说跳出直线国，走出空间？"

　　我："对，就是这个意思。跟我离开直线国。你就会知道你所说的空间并非真实的空间。真正的空间是一个平面，而你所谓的空间不过是一条直线而已。"

　　国王："如果你不能用自己的动作来展示这种从左到右的运动，那请你用语言来描述吧！"

　　我："要是你分不清自己的左右，那我怎么解释都没用，但左右的确是真实存在的，你的无视改变不了这一事实。"

　　国王："我完全不知道你在说什么。"

我："哎呀！该怎么说你才能明白呢？你在前进的过程中，就没想过改变方向？就没想过看看能不能往两侧移动？"

国王："闻所未闻！你在说什么呢？你是说一个人能从外往里或从里往外移动？"

我："好吧！那我还是给你用行动展示一下吧！你可以看到我现在正慢慢离开直线国，也就是刚才说的左右移动！"

我一边说一边把身体慢慢从直线国往外挪（图7）。但只要我还有哪怕一小部分没离开直线国，国王就不停叫嚷着："我能看到你，你还在！你压根就没动！"而当我把整个身体挪出来后，他又惊恐地大喊："她不见了，她死掉了！"

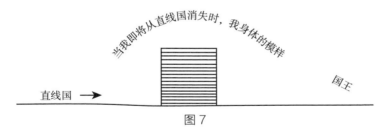

图7

我："我并没有死，只是离开了直线国，也就是你所谓的空间。此时此刻，我就在真正的空间里，能够看到所有物体的真实面貌。我能够观察到你们直线国的一切，包括你所谓的'内部'，我还能看到你北方和南方的男女众生。不信我可以给你详细说说他们的位置、顺序、大小和间距！"

详尽地描述完一切后，我不禁得意地大喊："现在你信了吧？"说完我再度返回直线国，回到原先的位置。

　　但是国王的回答却让我始料未及："但凡你是个稍微通情达理的男人，也不至于如此无理取闹。你只有一种声音，所以你肯定是个女人。你想说的应该是直线国之外还有别的直线吧？我只是让你用语言描述或用动作指出你所谓的另一条线，但是你没有，倒是不知道搞了什么障眼法，把自己搞得一会儿有一会儿没的。让你说你也只会简单地告诉我，我的随从有 40来个。但这有什么意义呢？三岁小孩都知道这些，你说这些能证明什么呢？真是荒唐可笑，现在请收起你的鬼把戏，趁我还没发火赶紧走吧！"

　　我对他的乖僻非常愤怒，更何况他还说错了我的性别，所以我径直反驳道："井底之蛙，你真以为自己是最完美的吗？其实不然！你乃是最为低级、无能之辈。你还觉得你能看，你能看到什么？除了圆点，别无他物！你还自以为是地认为自己能推测出直线的存在就非常了不起了，告诉你吧！我能看到无数条直线，这个世界还有角，有三角形、正方形、五边形、六边形，乃至圆形。你连我都比不过，一条线段就够组成你，可组成我不知道需要多少根线段呢！在我们平面国，人们都叫我正方形。虽然在那儿我的身份并不显赫，但相较于你，我明显高级多了，你不觉得正因此上天才派我来启蒙你吗？"

　　国王在听到我说的这些话后非常愤怒，立刻向我袭来，咆哮声仿佛要把我刺穿。在他身后，随从们也发出震耳欲聋的助威声，嘈杂喧闹，如同等腰三角形大军或五边形炮兵队伍齐声呐喊。我被吓得目瞪口呆，腿脚也开始不听使唤地不停打哆嗦。怒吼声愈发猛烈，国王眼看着就要杀到我眼前了，就在这千钧一发之际，闹钟把我从睡梦中唤醒，我揉揉睡眼——哦！我又回到了平面国。

15　空间国来客！

　　我的梦醒了，又回到了现实中！

　　时间到了平面国纪年 1999 年的最后一天。雨淅淅沥沥地下着，夜幕早早降临。我与妻子相互依偎而坐 [①]，共同回顾过往的岁月，满怀期待地展望即将到来的新世纪——新千禧年。

　　我的四个儿子和两个失去双亲的孙子都各自回到自己的房间，只有妻子依然陪在我身旁，一起守岁。

　　我的脑海中萦绕着幼孙经常冒出的只言片语，他是一个天赋异禀、形状完美的六边形，有着肉眼可见的光明前景。我和他的伯父们一起教授他视觉识人术，有时还会故意以不同速度原地旋转，然后询问他我们所呈现的形状有何差异。他的回答

---

　　①　　当我说"坐着"时，当然不是你们空间国意义上的"坐着"。平面国的居民都没有脚，所以我们就像空间国中的龙利鱼或比目鱼一样。在平面国中，"躺、坐、站"代表不同的心态。我们可以通过控制决心的强度来调整心态，当然也可以分辨他人的心态。当我们提高决心时，旁观者会发现我们的高度稍有增加。受时间所限，我无法详述该问题。——原注

总能让我满意，也正因此，我不禁向他传授了一些适用于几何学的算术知识。

我取出了 9 个边长为 1 英寸的小正方形，将它们组合成一个边长为 3 英寸的大正方形。向他解释道，尽管我们无法直接观察出这个正方形的内部尺寸，但是可以通过计算一条边的英寸数的平方来确定它的整体平方英寸数，"也就是说，3 的平方等于 9，边长为 3 英寸的正方形正好就是 9 平方英寸"。

六边形小家伙沉默了片刻，问道："但是您已经教过我三次方了，它在几何学里又代表什么呢？""什么都不代表，"我回答说，"至少在几何学里什么都不是，因为几何只有两个维度！"随后我开始演示，将一个圆点移动 3 英寸就变成了一条 3 英寸的线段，表示为 3；3 英寸长的线段平移 3 英寸就变成了边长为 3 英寸的正方形，表示为 3^2。

听到这里，六边形的小孙子好像突然想起了什么，又接过了前面的话："一个圆点移动 3 英寸就变成了一条 3 英寸的线段，表示为 3；3 英寸长的线段平移 3 英寸就变成了边长为 3 英寸的正方形，表示为 3^2；同理，边长 3 英寸的正方形也可以通过平移得到一个每个边都是 3 英寸的某种东西，表示为 3^3，不是吗？"

"睡觉去吧你！"我严厉地斥责道，"有你说胡话这功夫，还不如多记点儿东西！"

　　我不耐烦地支开孙子，仅留妻子陪在身旁，回首即将落幕的 1999 年，忐忑不安地期待着 2000 年的到来。机智的六边形孙子的话语始终萦绕在我的耳畔，挥之不去。半小时的沙漏中，沙子所剩无几，在这个即将逝去的世纪里，我最后一次将沙漏向北调整了方向。挪动沙漏的过程中，我喃喃自语道："这孩子真笨！"

　　突然，我意识到屋子里好像有什么东西，我不禁打了一个寒颤。"他才不笨！"妻子大声责问，"你这样贬低自己的孙子，这是违反戒律的！"但我并未理会她，而是开始环顾四周，却未见任何异常。但我深感什么东西就在我身旁，不禁提高了警惕。"怎么了？"妻子询问道，"连穿堂风也没有，你在找什么？什么都没有哇！"

　　的确什么都没有，所以我也只能又坐下，继续嚷道："我是说，这孩子怎么这么笨！3^3 在几何学里没有任何意义！"话音刚落，我便听见一个清晰有力的声音回应道："他不笨，3^3 是有意义的！"

　　妻子和我都听到了这个声音，尽管她并不明白这句话的意思，但还是和我一样循声望去。直至这时，我们才发现前面居然站着一个不可思议的图形。刚开始我以为这是个女人。然而，仔细观察后，我发现那人两端显得颇为黯淡，从而确信"她"并非女性。再后来，我以为其是一个圆形，但"她"明暗过渡的方式与我所熟知的任何圆形或规则图形均有差异，这让我意识到"她"并非寻常的圆形。

妻子可不是什么见多识广的人，也没有注意到这些特征所必需的冷静。出于女性天生的忌妒与感性，她立刻推断有一个女人从某个缝隙侵入了我们家中，立马劈头盖脸地问我："亲爱的，她是怎么进入我们家的？你不是承诺过我，新房内不会安装通风口吗？"

"我没装啊！"我说道，"你怎么知道那个陌生人是女的，我的视觉识人术可不这么认为。"

"我对你的视觉识人术没什么信心，"她回答道，"'触摸为实！''细摸线段粗看圆！'"——这是我们平面国女性经常挂在嘴边的两句谚语。

因为怕惹恼她，我只好说："那你去吧！去打个招呼问问？"妻子以她最优雅的姿态走向陌生人，说道："女士，请允许我触摸……"然而紧接着，她话锋一转，"啊！您并非女性，也没有角，一条边一个角都没有。难不成您是一位完美的圆形？"

"从某种意义上来说，我的确是圆形！"对方回答道，"而且比你们平面国中所有的圆都要圆！因为我本身就是无数个圆的集成！你们也可以叫我万圆之圆！"接着，他细声细语地说："亲爱的女士，我想和您丈夫单独聊一会儿，可以吗？"妻子好像没有听到陌生人的请求，一边说已经过了休息时间，一边不停地为自己的冒失说着"对不起"，不过最终，她还是回到了自己的房间。

我瞥了一眼沙漏，最后一点儿沙子早已落下，新千年到来了！

16　陌生人想给我讲讲空间国，可惜一切也是徒劳的！

没等妻子走远，我已迫不及待地走近这位陌生人，邀请他落座，我想凑近点儿好好看看他！他的外貌着实惊呆了我，他没有任何内角，但他的身体所产生的明暗渐变却是任何图形都无法企及的。突然，我心中闪过一个疑问：他会不会是个间谍或刺客？又或者是个诡异的等腰三角形，他肯定是用不规则的圆形骗过了我家的门卫，说不定某一刻就会用他锋利的锐角实施刺杀行动！

当时正值干燥的季节，客厅内并无雾气，视觉识人术的确不好判断他的身份。情急之下，我走到他面前，慌乱地说道："先生，请允许我……"我还没有说出"触摸"二字就已经摸了上去，妻子说得没错，他身上没有任何内角，没有任何瑕疵，我从未见过如此完美的圆形。我围绕着他转了一圈，从他的眼睛开始，转了一圈又回到原位。他只是静静地站立，纹丝不动。毫无疑问，他就是一个完美无瑕的圆形。随后，我们进行了一段对话。我竭尽所能地回忆起那时的对话并力争原封不动地记录于此，省略的只有我的道歉——作为一个正方形，我对当时擅自触摸一个完美圆的行为感到万分羞愧。对话由这位陌生人发起，他好像有点儿等得不耐烦了。

陌生人："还没摸够吗？你还没有做自我介绍吧？"

我："尊敬的阁下，请原谅我刚才的失态。我并非不谙熟上层社会的礼仪规范，只是您突然光临，令我深感意外和慌张。我恳请您不要将我的失礼之举告知任何人，尤其是我的妻子。在您继续提问之前，能否请您赏脸回答我一个问题，先满足我的好奇心，请告诉我您从哪里来？"

陌生人："当然是空间。除此之外，你觉得还能是哪儿？"

我："但这儿不就是空间吗？您和在下此刻就在空间里吧？"

陌生人："哼！你对空间了解多少？"

我："空间就是高度和宽度的无限延伸。"

陌生人："看，你对空间一无所知。你以为空间是二维的，我要告诉你的是，空间是三维的，包括长度、宽度和高度。"

我："阁下真会开玩笑。我们也会说长度或者高度、宽度或者厚度，但这些都是二维的。"

陌生人："我不是在玩文字游戏，这不仅仅是三个词，更是三个维度。"

我："那阁下能否解释一下，第三个维度在哪里？我怎么看不到它？"

陌生人："我就是来自第三维度，它在上面和下面。"

我："您是说北方和南方？"

陌生人："不，是你看不见的方向，因为你的侧面没有长眼睛。"

我："阁下能否先看看我，我的两条边相交的地方，能看到一个明显的发光点吧？"

陌生人："能，但是倘若你想看见空间，就必须在侧面长一只眼睛，我说的是侧面，不是侧边。可能对你来说，就是正方形框的里面，不过我们空间国里称之为侧面。"

我："在肚子里长个眼睛？阁下不是在开玩笑吧？"

陌生人："我可没空找你寻开心。我来自空间——你无法理解的空间！最近，我从空间国里俯视了你们平面国——也就是你以为的空间。我能看到一切，你们的房子、你们的教堂、你们的床头柜和保险箱，甚至是你们的五脏六腑……一切都清清楚楚、一览无余！"

我："随阁下怎么说吧！"

陌生人："啊哈！你以为我是随便编的？我这就证明给你看。到你们家的时候我特意看了，你的四个儿子都是五边形，两个孙子则为六边形。孙子先与你同处一室，随后独自进入卧室，外面就剩下你和你夫人。你们家里还有三个等腰三角形仆人，他们刚在厨房吃完饭，小男仆则在洗碗。我就这么来了！你不觉得奇怪吗？他们都没发现我。我究竟是从哪儿来呢？"

我："从屋顶上？"

陌生人："大错特错，你应该清楚自己的屋顶最近刚刚修缮完毕，不可能存在任何缝隙，哪怕是一个女人也插不进来。我说过，我是从空间降临到这里的，我说了那么多关于你孩子和家庭的情况，难道这些还不足以让你深信不疑吗？"

我："附近有的是包打听，阁下得到这些讯息应该不算困难吧！"

陌生人自言自语道："我该怎么说你才肯信呢？好吧！这么说你准能听懂。比方说你看到一条线段，就像你的妻子，你觉得她有几个维度？"

我："您可能觉得我是个不懂数学的俗人，以为她只有一维。那我不得不说阁下踢到钢板了，我知道她有二维，虽然这儿的人都叫她线段，但在科学上，她是一个非常薄的平行四边形，与我们其他人一样，具有二维，也就是长度和宽度，或者很多人也称后者为厚度。"

陌生人："事实上，线段之所以可见不就是因为它有另外一个维度吗？"

我："对啊！我说了她有两个维度——长度和宽度，只要能看到长度，就可以推测出宽度！"

陌生人："不是这个意思！我的意思是，当你看到一个女性时，不应该只看她的宽度，也就是你们所谓的长度。同样也要看看她的高度，当然在你们的国度里，这个维度无限小，但它依然存在不是吗？想想看，只有长度没有高度的线段不占据空间，你不是就看不到了吗？"

我："我承认我听不懂阁下所说的话。在我们平面国，说到一条线段，我们看到的是长度和亮度。亮度没了，线段也就没了，也就是您说的不再'占据空间'。当然，您是圆形，说什么都对，当然可以把亮度也当作一个维度，您叫它什么来着？对了！高度，就是高度！"

陌生人："不，高度也是一个维度，和长度一样，只不过它很小，让你几乎察觉不到而已。"

我："阁下的话应该很好验证吧，这么说吧，您说我有第三个维度，也就是高度。那么它要么能测量出来，要么能指出来方向。您大可以试试，告诉我，我有多高，或者告诉我，我的高度朝哪儿。只要您能说出来，我当然会心服口服，但您要是说不出来，那就恕我不敢恭维了。"

陌生人自言自语道："这两个我好像都做不到，该怎么才能说服他呢？好吧！我给他演示一下。先生，你听我说。"接着他开始了长篇大论。

"你所生活的平面国实则是一个巨大的平面，我们称为不固定的平面，你和你的同伴都在平面的上面或者说里面活动，当然，你不能跳出平面跑上去，也不用担心从平面上掉下去。

"而我则不是平面图形，我是个立体图形。你刚才叫我圆形，但实际上，这个称呼并不准确。我是由一系列直径逐渐变化的同心圆叠加而成的图形，这些直径的长度范围在 0 至 13 英寸之间。只不过到了平面国里，你看见的我像个圆形而已，这只是我的一个截面。在空间国，我被叫作球体，而如果和你们平面国的人对话，我们只能证明自己是一个圆形。

"你还记得昨天晚上的直线国吧？我能看到你们的一切，这个也不例外。当你进入直线国时，你必须向国王证明自己是一条线段，肯定不会试图证明你是一个正方形。直线国没有足够的维度来展示你全身的形状，所以只能呈现出你的一条线段，或者说一小部分。这你应该还记得吧？

"同理，你们平面国也只有两个维度，因此无法展现我的全部，我是个三维物体，而你只能看到我的一小块，或者说一小部分，也就是你口中的圆形。好吧！看你眼神好像仍然将信将疑，那我们再进一步。你的视线无法脱离平面国，但是，当我向上移动时，你至少可以看到我的圆形随之变小。你看，我现在就在向上移动，你会看到我的圆形逐渐变小，直至缩小为一个圆点，最后消失。"

　　我当然没有看到他"向上移动"的经过，不过他的线段的确在渐渐缩短，直至最终消失。我眨了眨眼睛，确定自己不是在做梦。好吧！真的不是在做梦，一个空灵的声音仿佛从我肚子里传来："我是否已消失无踪？如今你相信我了吧？现在我慢慢回来，你也好好看看我的圆形是不是慢慢变大了！"

　　读者们都是空间国的，自然知道这个陌生人说的都是真理。但这对当时的我来说可不行，尽管我在平面国的数学方面造诣颇深，但仍然无法领悟这个看似简单实则深奥的原理。如图 8 所示，对于空间国的孩童而言，借助图像在三个特定位置就足以解释球体是怎么从圆形逐渐变为圆点。但这些对当时的我而言无异于天方夜谭，我无法洞察其背后的深层含义，只能推测，这个圆形先是缩小，然后消失，接着重新出现，并逐渐增大。

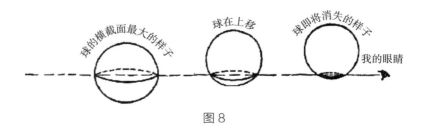

图 8

陌生人的身形恢复如初，然后深深地叹了一口气。他显然读懂了我的沉默里写着三个大字——不明白！事实上，那时的我更倾向于相信他并不是什么完美的圆，肯定是一个魔术师，很多老妇人就说过一些奇奇怪怪的事，但那又怎样呢！不是有巫师和魔法师吗？他们还能瞒天过海呢！

陌生人沉默了，然后又自言自语道："如果这样都不行，那就只能用推理法了！"所以有了下面的对话。

球体①："平面国的数学家先生，请你告诉我，一个圆点向北移动，留下的发光的轨迹是什么？"

我："一条线段。"

球体："一条线段有几个端点？"

我："两个！"

球体："现在想象一下，如果把这条线段由东向西平移，移动的距离与它本身的长度相等，形成的轨迹是什么？告诉我那个图形的名字。"

我："正方形。"

球体："正方形有几条边？几个角？"

我："4 条边、4 个角。"

球体："现在我需要你给自己加点儿想象力，把正方形平

———————————

① 也就是前面的陌生人。——译者注

行地向上移动。"

我："什么？你是说朝北？"

球体："不是朝北，是朝上，朝上移出平面国。按你说的朝北的话，正方形南边的点就会到北边，我说的不是这个意思。比如说你吧！正好你也是一个正方形，你身上所有的点，包括你的五脏六腑一起向上，每一个点都不会经过任何其他点原来所处的位置，每一个点都会形成一条线段，听懂了吧？"

我已经有点儿愤怒了，真想把他赶回空间里去，反正不要在我们平面国待着。不过出于修养，我还是强忍着怒火，回答道："你直接说答案吧！移动出来的图形是什么？我想平面国的语言能描述吧？"

球体："当然，其实并不难，我们来类比一下。不过先声明一点，那玩意儿准确地说不是图形，而是个实体，我们叫它立方体。接下来，我们从一个点开始。

第一步，我们有一个圆点，圆点只有 1 个端点。

第二步，圆点移动画出一条线段，线段有两个端点。

第三步，线段移动画出一个正方形，正方形有 4 个端点。

1、2、4 是等比数列，对吧？那下一个数字应该是几？"

我："8。"

球体："完全正确。正方形移动画出的东西你不知道，我可以告诉你那叫作立方体，立方体有 8 个端点，明白了吗？"

我："那东西有边吗？有角吗？有你所谓的'端点'吗？"

球体："当然，不过我们不称为'边'，而是叫'棱'，再说一句，这个东西叫立方体。"

我："那它有多少个侧面呢？就是你说的我向上运动形成的那个东西。"

球体："亏你还是数学家，这么简单都想不明白！任何物体的'边'表征的就是它的维度。点是0维的，所以有0个'边'；线段是1维的，两头就是'边'，2个端点就是2个'边'；正方形是2维的，所以它的4条边真的是4个'边'。0、2、4是什么关系？"

我："等差数列。"

球体："那么下一个数字是几？"

我："6。"

球体："对，球体的'边'就是6个侧面，就是你原来所谓的6个内部，懂了吗？"

"怪物！"我尖叫道，"不管你是什么巫师、骗子、魔鬼还是别的随便什么，我都受够你的鬼把戏了！我要干掉你！"我冲上前去，想把他顶出平面国。

17 球体看讲的没用，所以直接上手了！

不得不说，我的攻击是徒劳的。我使出了足以击碎普通圆形的巨大力气，以我最尖锐的右侧角刺向这个陌生人。然而，他仍不慌不忙且毫不费力地避开了，既没有向左也没有向右，而是凭空离开了我的视线，直至完全消失。我眼前一片空白，但陌生人的声音仍然存在。

球体："为什么要拒绝接受真相呢？我一直以为你是一个理性之人，是一个颇具建树的数学家，我也一直期望你能成为一位智者，成为三维知识的忠实信徒。老实说，我并不是天天都来，每隔一千年我才会来一次，然而现在我却不知道怎么让你相信了。等一下，我想到了。唯有行动，而非言语，才能宣告真理。听好，我的朋友。

"我跟你说过，我能从空间观察平面国里所有的东西，包括那些你们认为封闭起来的东西。比如说你身边的那个橱柜吧！里面有几个所谓的箱子，不过实际上箱子和其他东西一样，没有顶也没有底，我看得见里面都是你的财宝。还有两本账簿，现在，我要从柜子里取一本账簿。你应该记得，半小时前你就给橱柜上了锁，钥匙也还在你身上。但我能从空间进去，根本不用搞定橱柜上的锁。看！我拿到了！"

我急匆匆来到橱柜前，迫不及待地打开柜门——居然真的有本账簿不见了。陌生人已经满是嘲讽地站在房间的另一头，账簿则静静地躺在地上。我走过去小心翼翼地将其捡起——正是我丢失的那本账簿。

我不禁惊恐地叫起来，怀疑自己是否出现了幻觉。此时，只听到陌生人说："现在，你肯定相信我了，你所说的立体物体其实是平面化的；而你所称的空间，不过是一个宽广的平面而已。我此刻置身于空间之中，所以可以俯瞰所有物体的内部状况，而你仅能看见它们的外表。你可以离开这个平面，只要你下定决心，稍微往上或向下移动一点，便可看见我所看见的一切。

"身处越高，距离你们平面国越远，所能观察到的景象便越丰富，当然物体看起来也就越小。比方说我现在就正在上升，眼前还能看到你的六边形邻居们，他们分布在各个房间。我还看到剧院有 10 扇大门，观众正在络绎不绝地离去。另一端，一位圆形人士正沉浸在书房的案牍之中。好了，我回来了。作为一个最好的证明，让我轻轻触碰你的腹部怎么样？请放心，我不会伤害你，但你会感受到一丝疼痛。不过为了启迪你的智慧，我相信承受这点痛苦是值得的。"

我还没来得及拒绝，便觉腹部剧痛袭来，同时伴随着一阵诡异的笑声从我的内部传出来。片刻之后，疼痛逐渐缓解，仅留一丝隐痛。陌生人再次出现在我眼前，只见他逐渐变得高大，问道："我应该没伤到你吧？如果你到现在还不相信的话，那我真的不知道该如何说服你了。你说呢？"

此刻，我便下定决心和他拼了。我怎么能任由这个骗子百般挑衅，任由他戏弄我的肚子！我要竭尽全力将其钉在墙上，然后等待援军的到来！

于是，我又一次挺起最坚硬的外角冲向他，同时高声呼喊家人来帮忙。不过好像在那之前，他已经沉到平面下面去了，不管怎样都纹丝不动。而我听到貌似有人走来，也就更加大声地呼喊起来，同时死死地压住他！

那个球开始"颤抖"起来，嘴里再次喃喃自语："孺子不可教也，为了传播文明，我必须使出最后一招了。"话音刚落，他就严肃地对我说："听着！其他人可没这千年等一回的福分，快把你的妻子请开。我也绝对不会辱没千年一次的使命。要么让她走开，要么你跟我走，去一个你从未听说过的地方——空间国！"

　　"你疯了吗？还是傻了？"我咆哮道，"我才不会放过你，你要为自己的欺骗行径付出代价！"

　　"哈哈！你真以为能困得住我？"陌生人吼道，"还是让我带你见见世面吧！跟我走，离开平面国！一！二！三！走！"

18 我的空间国之旅

一种难以言喻的恐惧向我袭来。开始是眼前一片昏暗，接着是一些东西若隐若现。我仿佛看到了一条线段，但它好像又不是线段。空间明显已经不是我熟悉的那个空间，甚至连我自己也变得陌生起来。当我能说话的时候，我惊恐地大喊："要么是我疯了，要么这里就是地狱。"球体平静地回应："都不是，这里是知识的王国——空间国。请睁开你的眼睛，好好地看一看吧！"

我睁开眼睛，细心观察，真的发现自己置身于一个崭新的世界。眼前正是一个我曾经计算过并梦寐以求的完美圆形。我应该正对着他的中心，但却无法窥见心肝脾肺肾与血管，仅能看到一个无与伦比的完美圆形，那种完美令人叹为观止！是的，我现在看到的就是空间国的人所称的球面。

我终于对这个导师心悦诚服，大声感叹道："至高无上、智慧深不可测的神哪！为何我能洞察您的中心，却无法看见您的肺腑，也无法目睹您的血管与心肝脾肺肾？"

他回应道："你自以为看见了什么，实则什么都没看见。无论是你，还是其他任何人，都无法洞察我的内脏器官。我与你们平面国的人完全不同，他们和我根本不是一个层次，我是众圆的领袖，是万圆之圆，在空间国我被誉为球体。立方体看上去像正方形，同理，球体看上去就呈现出圆形。"

尽管这谜语般的话让我感到困惑，但我并未因此而愤怒，反而开始默默地崇拜他。他以更为和蔼的语气说道："如果不能马上领悟空间国的奥秘，也请不要沮丧。你慢慢就会明白的。现在，我们先看看你的出生地——平面国。我将带你领略你常常描绘却从未亲眼见过的东西——用一个直观的角度！""怎么可能！？"我大声喊道。球体没有理我，只顾前面带路，我就像梦游一样跟着他，很快球体就开口了："看！那就是你的五边形房屋和屋里的家人。"

向下俯瞰，我第一次亲眼看见了自己家人的全貌，以前我只能猜测他们的长相。与我现在所看到的现实相比，我之前的推测是多么的贫乏和模糊哇！如图9所示，我的四个儿子在西北角的卧室中沉睡，失去双亲的两个孙子则分别在南侧卧室安歇。家中的仆人、管家与女儿均置身于各自房间。挚爱的妻子听闻了我离去的呼声，此时的她正焦急地在客厅中踱步，焦急地等待着我的归来。书童亦听得分明，装模作样地前来查看我是否晕倒，实则是觊觎着书房里的橱柜。这一切，我都看得真真切切，不必如往昔般仅凭想象。再贴近一些，我就能看清橱柜内的物品，两箱金子、前文提及的两本账簿，一切都那么清清楚楚！

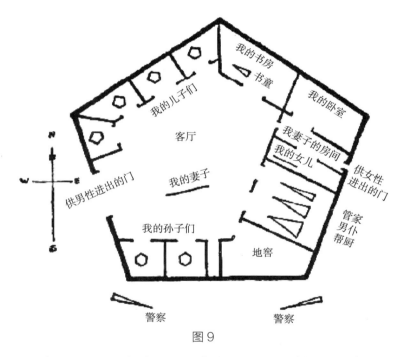

图9

妻子的关切之情令我深受感动，我渴望立刻回到她身边去宽慰她。然而，我却发现自己竟然无法动弹。"无需担忧你的妻子，"我的导师安慰道，"她并不会等太久的，现在让我们登高俯瞰整个平面国吧。"

　　我感觉自己又继续往空中升，正如球体所述，距离观察对象越远，视野反而愈发开阔。整座城市，包括每一栋建筑的内部装饰和每一个居民，都如同微缩模型般尽收眼底。随后，我们继续升高，就连地下的矿藏、深山的山洞也能看清，地面上所有的奇妙景观都一览无余。

　　面对神奇的大自然，我的敬意油然而生，于是对身旁的球体表示："您看，我这个平凡之人已趋近于神的境界。平面国的聪明人都认为洞察万物是唯有神才能拥有的能力，他们称之为全知。"球体则以略带嘲讽的口吻回应道："果真如此吗？那么，我国的小偷和杀人犯也都能被你们国家的才智人士视为神明，他们中的任何一个都能看到你所见到的一切。所以请相信我，你们的那些智者错了。"

　　我："难道除了神以外，还有别的人能够洞察万物吗？"

　　球体："对于未知的事物，我无法给出确切的答案。然而我相信我国的小偷和杀人犯绝不应被视为神明。你所提到的全知，在我国并不是一个常用词汇。这个词难道听起来更具正义感、更有慈悲心？显然并非如此。神圣的定义不应如此吧？"

　　我："应该是更加慈悲、更有爱心吧？可这些都是女性才有的情感！而我们都知道圆形比线段要更加高级，因为知识和智慧比情感更值得敬重，不是吗？"

球体："我们通常不以成就衡量能力。在空间国，众多杰出且有智慧的人更重视情感而不是理解力，他们更珍视你们所鄙视的线段而不是你们所崇拜的圆形。不说了，你可知道那边的建筑是什么吗？"

放眼望去，远方诸多多边形建筑映入眼帘，其中位于中央的那一栋，我认出那是平面国的全国大会堂。一排排紧密相连的五边形建筑环绕四周，与之形成鲜明的对比。大会堂外部街道井然有序，昭示着这就是庄严的首都。

"我们就从这儿下去吧！"球体说。此刻正值新千年伊始，圆形最高领袖们严格遵循传统，正在举行庄严肃穆的秘密会议，1000 年和平面国元年的时候他们也是这样。

一个人开始宣读会议记录，我立刻认出那是我的兄弟——他是个标准的正方形，现任最高议会的首席书记官。每次会议都有这样的记录："我国时常遭受各类别有用心之人的威胁，他们自称获得其他世界的启示，进而通过各种活动公然宣扬谬误并且煽动他人疯狂。鉴于此种情况，最高议会在每个千禧年的首日一致决定，向全国各地区的行政长官传达以下指令：全力以赴，搜捕这些误入歧途之人。在无需进行任何身体检查的前提下，对相关人员可采取以下措施——等腰三角形者一律处决，等边三角形者一律鞭笞后收监，正方形或五边形一律遣送至当地收容所，更高阶层的违规者一律送至首都，由最高议会亲自审判。"

"听到你自己的命运了吗？如果忠实地传播三维知识，你就会被处死或监禁。"球体对我警示道。此时议会正在表决通过这一决议，"未必如此，"我回应道，"空间国的本质已然十分明了，好像并不难理解。我甚至有信心让孩童也能领悟这一切。请允许我下去为他们揭示真相吧！"

"现在还不是时候！"球体如是说，"未来自有机缘，我先去做我该做的，你在这儿等我！"话音刚落，他已轻捷地投身于平面国的汪洋之中——嗯，在我看来，那就是一片汪洋——恰好落于议员们的中间。"我到此一游，"球体高声宣告，"就是为了向你们揭示空间国的存在。"

球体截面不断扩大，很多年轻议员心生恐慌，不自觉地向后退去。圆形议长却很是神态自若，在他的授意下，六个等级较低的等腰三角形迅速从六个方向涌向球体。"我们抓到他了！"他们欢呼雀跃，"是的！抓到他了！不！好像并没有！他要逃之夭夭了！他消失了！"

"各位议员，"圆形议长庄重地对年轻的议员们说，"无需惊慌，只有我一人看过的那份绝密文件显示，前两次千禧年大会上也曾出现过类似情况。当然，我知道你们绝对不会泄露秘密！"

随后，他提高了音量，对卫兵严厉地下达指令："立即逮捕这些警察，封住他们的嘴巴。你们清楚该如何处理他们。"
这些无辜的警察知道了不该知道的国家机密，只得遭受如此不
幸的命运。处理完警察后，圆形议长又对议员们说道："各位议
员，议会的各项议程都已顺利完成，祝你们新年快乐！"大家
散去之前，他特意叫住了首席书记官——我那优秀而倒霉的兄
弟，语重心长地对他说："很是遗憾，出于既定传统及安全因素
考虑，我只能判处你终身监禁。"之后他还貌似满意地补充道：
"你保守秘密，我保你性命！"

19 神秘无垠的空间国与求知欲无限的我

目睹兄弟即将被送入监狱，我试图冲进议会大厅，为他求情或至少与他道别。然而，我发现自己根本无法动弹，球体掌握着我的一举一动，他略带忧虑地说："别担心你的兄弟了，或许在不久的将来，你将拥有充足的时间来和他一起哀叹。现在请随我来。"

于是，我们再一次在空中攀升。球体解释说："至此为止，我已经向你展示了平面国里里外外的一切。现在，我要为你介绍立方体，你会看到它是怎么一步步成为立方体的。看看图 10（1），这些是可以移动的正方形卡片，我将它们逐层堆叠——不是

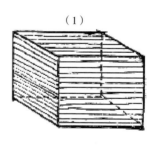

（1）

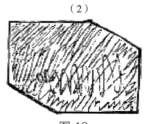

（2）

图 10

你说的那种向北，而是向上依次叠加——一层、两层、三层，等到高度与正方形的长度和宽度相等，我们就得到了一个立方体。"

"不好意思，阁下，"我回答道，"但我看到的只是一个不规则的平面图形，里面貌似还有一些别的什么！但，我的意思是，我看不见立方体呀！它就是一个平面国里的平面图形嘛，只不过形状非常不规则［见图 10（2）］，像是一个恶贯满盈的坏蛋。看见它我就觉得恶心。"

"没错！"球体说道，"那是因为你还不习惯光线、阴影以及透视等因素的影响，就好比说在平面国中，对于不具备视觉识别能力的人来说，六边形看起来不过就是一条线段，不是吗？实际上，这就是一个立方体，不信你可以摸摸看！"

随后，球体给我引荐了立方体。我这才发现，这个外貌奇特的人真的不是平面图形，而是立体的，有 6 个平面和 8 个顶角。此时，我想起球体曾提到过，立方体是由平面正方形沿垂直方向移动而成，哈哈！在某种意义上我可以被称为如此杰出后代的祖先，真为有这样的后代而自豪！

不过，我还是无法理解"光线""阴影"和"透视"等概念，所以我毫不犹豫地说出了自己的疑惑。

不过这里就不再赘述球体的解释了，哪怕我说得再简洁明了，各位空间国的读者也会感到枯燥乏味——我知道你们对这些知识早已耳熟能详！我只想说，他说得很明白，又先后移动了一些物体，改变了光线或是位置什么的，还让我触摸了它们甚至他自己的外形，最终让我完全明白了其中的奥妙。最后，我能够轻而易举地区分圆形、球体以及其他所有平面图形和立体图形了。

此刻无疑是我期盼已久的觉醒时刻！面对知识，我再也无法停下探索的脚步！人世间最大的痛苦是什么？那就是激发一个人的求知欲后又禁止他继续探索新知！我已全然忘却自身的渺小，一心只想成为第二个普罗米修斯 ① ，一心只想唤起平面国和空间国人们的反抗精神，一心只想揭穿世界只有二维或者三维的弥天大谎！我是那么坚定，即使为之付出生命也在所不惜。这一信仰已深深烙印在我的脑海里，从未动摇分毫。现在，就请我的读者们去评判这一切吧！

球体原本计划给我讲讲别的"体"——立方体、圆柱体、圆锥体、金字塔、五面体、六面体、十二面体、球体……然而，我毅然打断了他，不是因为我对这些知识感到厌倦，恰恰

① 普罗米修斯，古希腊神话人物，名字意为"先见之明"。在神话中，普罗米修斯曾与智慧女神雅典娜共同创造了人类，普罗米修斯负责用泥土雕塑出人的形状，雅典娜为泥人灌注灵魂，并教会了人类很多知识。普罗米修斯还反抗宙斯，将火种带到人间。这里作者的意思就是要与普罗米修斯一样，把三维甚至多维知识带给平面国和空间国的人们。——译者注

相反，相比这些，我对那些他没有讲到的知识充满了渴望。

我："对不起！我不能再称呼您为完美的图形了，您能允许我看看您的内部吗？"

球体："我的什么？"

我："您的内部，就是您的五脏六腑！"

球体："你这个不合时宜的无礼要求从何而来？另外，你说我不再是'完美的图形'了，这又是什么意思？"

我："我尊敬的阁下！您的智慧启迪了我，启迪我追求更优秀、更美好乃至超越您的完美存在。毫无疑问，您比我们平面国里的所有图形都要高级，您是万圆之圆。然而，我相信在您之上，定然存在着一个更为卓越、超越一切的万球之球，他在空间国中的地位，犹如您在我们平面国一般。尽管我们此时正身处苍穹之下，俯瞰平面国的万物，但我深信，还有一个更高尚、更纯洁的境地存在。无论我身处世界的何方，都会尊您为唯一的学者、诚挚的良师益友。但是现在，我恳请您引领我进入那个更为广阔的天地，那个充满无限可能的多维天堂。我明白，在那个世界里，我们可以轻而易举地洞察立体物体的内部奥秘。您和您的同胞，甚至是您的五脏六腑，我们都能一览无余。"

球体："真是胡说八道！还没学会走就想跑了！你的表现远远未能达到预期，远远无法胜任传播三维智慧的重任，留给你的时间已不多了，现在你要做的是尽快熟悉这里的一切！"

我："尊敬的导师，恳请您不要驳回我的请求。我深知您具备卓越的能力，请您允许我得以一窥您的内部构造。我将永远心存感激，誓将成为您最忠实的学生和最敬业的门徒，也将悉心接受您的教诲，并毫无保留地将所学传播给他人。"

球体："好吧！不要再喋喋不休了！老实告诉你，我无法满足你的要求，难道你要让我把自己的五脏六腑掏出来给你看吗？"

我："尊敬的导师，您已引领我步入空间国也就是三维之国，并让我见证了二维之国中全体同胞的内在构造。为何您不能继续引导您的学生进入四维之国，共同俯瞰这片三维之地呢？为何您不能带我一同领略空间国中那些三维建筑、神奇的大地以及丰富的矿藏呢？那样我们不就能清晰地观察到每一个立体生命的内部结构吗？——当然也包括让无数世人景仰的球体的内部结构。"

球体："但是这个四维之国在哪儿呢？"

我："我不知道，但您肯定知道。"

球体："我也不知道。根本没有这样的地方，你太异想天开了。"

我："阁下，这对我来说并不是不可想象的。作为我的导师，您就更不该觉得这不可想象了。在二维世界中，我曾像一位盲眼的奴仆，根本看不见三维空间的存在，是您热心地用独门技艺打开了我的双眼，让我看见了第三个维度。不，我一点也不感到悲观，就算在这里，在这三维空间中，阁下的高超技艺也可能让我看到第四个维度的存在。

"让我回忆过去吧。当我在平面国的时候，我看见一条线段，只能推测那是一个平面图形。是您告诉我，我其实能看见一个我从来不知道的第三维度，这个维度并不是亮度，而是一个叫作'高度'的维度。那么，以此类推，不是可以得到结论：在空间国中，当我看见了一个平面，并推测那是一个立方体时，我实际上也能看到一个我不知道的第四维度，那个维度不是颜色。那个第四维度虽然无限微小，也无法测量，却是真实存在的。

"而且除此之外，我们还可以用类比的方法来论证四维形状的存在。"

球体："类比？无稽之谈，什么类比？"

我："请您不要讥讽我，我期盼汲取更多的知识。或许我们无法观测到更高维度的空间，这是因为我们体内并未生长出眼睛。平面国的存在不会因为可怜的直线国君主无法左右移动而消失，三维世界的存在也不会因为我无法触及或看见而被否定。因此，我坚信四维世界的存在，而且我相信您的智慧之眼一定能感知到它。这就是您传授给我的新知识。难道您忘了吗？

　　"在一维世界里，1 个移动的圆点是不是可以产生有 2 个端点的线段？

　　"在二维世界里，1 条移动的线段是不是可以产生有 4 个端点的正方形？

　　"在三维世界里，1 个移动的正方形是不是可以产生有 8 个端点的立方体？刚刚我们不是看到那个立方体了吗？

　　"那么，在四维世界里，1 个移动的立方体是不是也可以产生有 16 个端点且更加神圣的生物吗？

　　"2、4、8、16，这不就是刚才说的等比数列吗？用您的话怎么说来着？'以此类推'，对吧？

　　"同样地，您还教导我说，每一条线段的'边'是 2 个端点，每一个正方形的'边'是 4 条侧边，每一个立方体的'边'是 6 个侧面……2、4、6，这不就是刚才说的等差数列吗？大胆想象一下，神圣的立方体在四维世界的下一代的'边'是什么，不应该是 8 个立方体吗？这不也符合您说的'以此类推'吗？

　　"尊敬的阁下，我学识浅薄，见识有限，仅擅长演绎推理。今日有幸拜您为师，恳请您对我的观点进行验证或批驳。若我的推理有误，我甘愿让步，不再去想那四维之国。但如果我的观点成立，那就请您接受我的推理是正确的吧！

"因此，我要大胆提问，您和您的同胞难道从未见过更高维度的生命降临空间国？就像您去我家一样，没有打开门窗，就可以随意出现和消失吗？若您选择回避此问题，那么我将保持沉默，但是我希望您能回答我！"

球体沉默了片刻："的确有过类似的报道，但人们对此事看法各异。即便面对同一事实，解读亦不尽相同。不过可以肯定的是，截至目前还没有四维世界的理论 ①，所以还是别纠结这件事了，让我们回归正题吧！"

我："我坚信其必定存在，也相信我的观点终将得到验证。尊敬的导师，请您切勿动怒，容我提出最后一个问题。那些曾探访过空间国的高级生物，来源神秘莫测，去向亦无人知晓。他们是否也如同您当时一样，缩减身形，最终消失于那茫茫宇宙之中？"

球体的情绪已经很激动了："倘若他们真的曾经到来，那么如今也已然离去了。然而，大部分人都认为这些报道皆属虚构，是狂热幻想家们自己构想出来的。算了，说了这些你也不懂。"

我："他们真是这么说的？那可千万别轻信他们。如果真的存在四维世界，那一定是个梦想的国度。请引领我前往这片

① 1908 年在德国科隆的一次演讲中，闵可夫斯基提出了四维时空的概念。——译者注

乐土，在那里我们就能看到所有立体物体的内部构造。我们还能移动立方体不是吗？就是像您说的'以此类推'，把立方体朝一个全新的方向移动，让它创造出一个比自身更完美的生命体。那个生命体应该有16个端点和顶角，还有8个立方体的'边'。我不禁在想，在那个幸福的四维世界里，我们可以选择在五维世界的门槛前徘徊，也可以进一步探索六维、七维甚至是八维的世界。"

我不记得自己说了多久，只记得球体在我身旁不停地咆哮，让我安静，还威胁继续说就要惩罚我。然而，他的努力注定是徒劳的，我已深陷于幻想之中，难以自拔。可惜的是，好景不长！不久，我的身体就被重重地一击，腹部翻江倒海。我飞了出去，速度之快令我无法出声。之后是急剧地下落，毫无疑问，我就要回到平面国了！我努力睁开眼睛，想着再从上面看一眼那片荒凉且毫无生趣的平面国，马上它就又是我的全部了！此情此景我一生都不会忘记！紧接着，视线模糊，一声巨响，我失去了意识。耳边传来女性的呼喊，醒来的时候，我已经又变成了书房中那个普普通通的正方形，妻子正在朝我款款走来。

20 球体鼓励我追寻新的世界

尽管来不及多加思考，但直觉告诉我，必须对妻子隐瞒这段经历。不是担心她会泄露秘密，而是这场奇幻之旅实在太过离奇，离奇到任何一个平面国的女性都无法理解。所以，我编造了一个故事安抚她，告诉她我不小心从活板门掉到了地窖里，然后便躺在地窖里失去了知觉。

不过在平面国，向南的引力是微乎其微的，即使是普通女性也不会相信我的故事，更何况是智商远超一般女性的我的妻子。她显然察觉到了我的异常，却也并未与我争论，只是反复强调我定是身体不适，需要好好休息。我很高兴有了一个借口，可以回到我的房间里，静静地回想刚才发生的事情。在她离去后，我感到整个人疲惫不堪。然而，当我就快睡着的时候，我又开始回味起那个三维世界，尤其是正方形转变为立方体的过程。虽然整个过程在我脑海中的印象已相当模糊，但我一直记得一句话，"向上，而非向北"。我坚信它就是整个事情的关键所在，因此牢牢将其铭记于心。随后，我口中不停地念叨着"向上，而非向北"，迷迷糊糊地进入了梦乡。

　　睡觉时我做了一个梦，梦见自己又回到了球体身边。他是那么璀璨夺目，毫无疑问，他已经不生我的气了，而且是彻底宽恕了我。他指向一个明亮至极却微不可见的圆点，邀请我一起走过去。临近这个圆点时，我听到它身上发出类似空间国大头苍蝇般的嗡嗡声。这个声音是如此微弱，直到我们在距离它不到 20 个对角线之时，我才听清那个声响。

　　"听着！"球体说，"你虽生于平面国，却也曾领略过直线国的风貌，并随我去过空间国。今天我们去看看最低维度的世界，你也可以叫他点之国，那是一个没有任何维度的地狱。

　　"你看那可怜的小不点，他和我们一样共享生命之灵，却只能躲在这个没有任何维度的角落里，一个人就是整个世界。除却自身，他对周围一无所知，不知道长、宽、高，也不知道数字，更不要说什么复数，因为他从未接触过外部世界。在他的骄傲自大背后，尽是无知与悲哀。有追求永远要比盲目的满足好得多，我希望你切记这一点！"

　　突然，他停了下来，我听到那个微乎其微的小不点儿发出一阵极其微弱而清晰的声音，仔细听，原来是"每天笑哈哈！唯有幸福它！"。

　　"这个小不点儿说的'它'是谁？"我问道。

"就是他自己,"球体回答道,"难道你没有看出来?婴儿或者说那些婴儿般的人总是无法区分自己和世界,他们就经常用第三人称来称呼自己,不是吗?嘘!"

"它充满着整个世界,"那个小不点儿继续自言自语,"它充满的整个世界也是它自己!它想什么,就说什么!它说什么,就听见什么!它是思想者,也是演说者,更是聆听者!它还是思想、语言和聆听本身!它是唯一的,也是全部的!啊!真幸福啊!每天笑哈哈!唯有幸福它!"

"要不您教训一下这个骄傲自满的小家伙?"我问道,"把真相告诉他!就像您教导我一样。让它不要画'点'为牢,让他知道外面还有更大更精彩的世界。"

"说得轻巧,"导师回答,"你不妨试试。"

于是,我把嗓门提高到极点,向那个点演讲了如下这番话:

"安静,安静,你这个可怜的小不点儿。你自诩为万物之主,实际上啥也不是,你所谓的宇宙不过是线段上的一个点,而线段只是……"

"听!别费口舌了,"球体打断了我,"你先看看点之国国王的反应!"

国王听了我的一番话后,神情反而更为振奋,也愈发显得自信满满。不等我陈述完毕,他便又迫不及待地开始了孤芳自赏："啊，思考何其愉悦！有什么事物是思考无法揭示的呢？它的思想油然而生，不仅彰显出它的出类拔萃，更使它倍感幸福！甜蜜的反抗之所以能取得胜利，不正是因为它集智慧与勇敢于一身吗？这是何等卓越的创造伟力呀！每天笑哈哈！唯有幸福它！"

"你看，"球体继续说，"你的言辞对他而言并无作用。他也根本无法领悟你的意图，甚至误以为是自己所言，因为他无法感知除自身之外的任何事物。他自以为是地认为自己的思考就是创造。算了，我们还是任由这位稚嫩的小不点儿继续沉浸在自我陶醉的无知之中吧。你我都无法把他从自鸣得意中拯救出来。"

随后，我们缓缓地飞回平面国。返程中，球体以一贯的和煦态度教导我，他鼓励我探索未知领域，并启迪他人追求新知识。他承认原来对我四维世界的观点并不认同，但后来也意识到这是一个崭新的观点，愿意向我道歉并接纳它。他鼓励我进一步探寻更高维度的未知空间。他还解释了如何通过移动立方体生成超立方体，进而通过移动超立方体产生更高级的立方体，方法就是"以此类推"，过程简洁明了，哪怕是平面国的女性都应该能够理解！

21 第一次三维理论教学尝试——讲给我的孙子

晨光熹微，我从温馨的梦中醒来，开始认真思索球体导师赋予我的光荣使命。稍加思索之后，我打算立刻动身，从此致力于向平面国的全体国民传播三维知识，即便是女性和士兵也应该了解这些有趣的知识，于是我决心首先从妻子入手。

正当我拟定好行动计划之际，忽然听到街头传来一阵喧哗。先是许多声音让民众保持肃静，紧接着，一个更为雄浑的声音传入耳际，传令官在发布公告。仔细聆听后，我发现他宣告的正是议会的决定：对于那些煽动人心、声称收到来自另一个世界启示的人，一律予以逮捕、监禁或处决。

我陷入了深思，显然，完成这个崇高的使命并不容易，因为很容易被政府逮捕。为了规避风险，我最好避免提及任何有关三维世界的启示，只阐述我的观点。这个方法看似简便，却也的确颇为有效。"向上，而非向北"就是关键所在，即使我不公开说什么三维启示，对知识的传播却也并无大碍！入睡前，这个口诀在我脑海中写得清清楚楚，醒来时，这个口诀犹如数学公理般清晰，但是不知为何，现在我却不那么确定了。恰巧此时妻子走进房间，聊了几句家常之后，我决定还是不从她开始传授知识了。

我的五边形儿子们都是品行端正、声名卓著的医者，然而他们在数学方面的造诣欠佳，因此并不符合我的标准。我忽然想起了年幼且温顺可人的六边形孙子，他近日对数学产生了浓厚的兴趣，最适合做我的学生。早慧的孙子对 3^3 的理解与球体并无差别，为何不将他作为我首次试验的对象呢？再者，他尚且只是个稚嫩的少年，对于议会的禁令也一无所知，与他探讨此事无疑是最安全的选择——我的儿子们就不一样了，他们忠诚于圆形阶层的统治，至死不渝，一旦发现我传播具有煽动性的异端言论，难保不会大义灭亲，把我交给地方行政官员。

不过我还是要先解答妻子的疑惑，她一直好奇为何圆形与我密谈，好奇那个圆形是如何进入我们屋子的。我为她编造了一个解释，具体细节不便详述，毕竟这些细节肯定与空间国读者们期待的真相有所出入。不过，我必须自豪地说，我成功地说服了她，让她安静地继续操持家务，不再探寻有关三维世界的信息。随后，我立即派人去叫我的孙子。实事求是地说，我一直觉得所有的记忆已经从我的脑海中溜走了，变成了一个捉摸不透却又极具诱惑的美梦，让我急不可耐地想要把这些传给我的第一个学生。

当我的孙子走进房间时，我小心翼翼地锁好了门，然后在他身旁坐下，随手拿起一个数学写字板——你们应该会叫它线段。我告诉他将继续前一天的课程，我又教了他一遍，一维空间中点运动后生成一条线段，二维空间中线段运动后生成一个正方形。讲完这些，我轻咳一声，说道："你这个机灵鬼是不是想让我相信，正方形也可能以类似方式运动，以'向上，而非向北'的方式创造另一个图形，一个超越正方形的形状呢？现在，小家伙，再说说你的想法？"

就在此时，街头再次传来传令官的声音，当然又是在宣贯议会发布的禁令。我的孙子年纪虽小，却异常聪颖，成长于尊崇圆形政府权威环境中的他似乎敏锐地洞察到了当前的局势，这是我未曾预料到的。他一直沉默不语，直至传令官的声音渐渐远去，他才开始放声大哭。"爷爷，"他说，"昨天我是开玩笑的，并没有别的意思。当时我们都全然不知有这项新法规，我也未曾提及关于三维的任何事。我绝对没有说过'向上，而非向北'这样的话，你也知道这句话根本就说不通，一个物体如何能向上运动而非向北运动呢？'向上，而非向北'，虽然我还只个是孩子，但也不至于如此荒唐吧？多傻呀！哈哈哈！"

　　"一点儿也不傻！"我情绪激动地反驳，"我们以这个正方形为例。"我随手拿起一个可移动的正方形，说："当我移动它时，你仔细观察，我的移动方向并非向北，而是其他方向，也不是你所认为的向上，而是……"我语无伦次地试图向他解释，手中却不由自主地摇晃着这个正方形。孙子觉得我的这个举动颇为滑稽，不禁放声大笑，他还指责我不是在传授知识，而是在开他玩笑，说完就开门跑出了房间。就这样，我的第一次三维理论教学尝试以小学生开始，却最终以尴尬收场了。

22　我的三维知识传播之旅

　　向我的孙子传播三维知识的尝试失败了，这也打消了我向其他家庭成员透露这个秘密的念头，不过我并未因此而对成功绝望！

　　这次失败让我意识到，不能只依赖"向上，而非向北"这句口诀，得想点儿别的更清晰的办法，进而让所有人都明白三维理论是怎么回事儿。为此，我觉得有必要写出来，写文章宣扬我的思想。

　　因此，我私下花费数月时间完成了一篇关于三维空间奥秘的文章，为了尽可能规避禁令，全文未涉及任何物理维度，而是构想了一个空想国。在空想国里，人们可以俯瞰平面国，可以观察到所有物体的内部结构。在空想国里，还有一种由 6 个正方形围成的图形，它有 8 个端点。然而，就在撰写这篇文章之时，我悲哀地发现，尽管它对写作目的至关重要，但我就是画不出它。我们的平面国，只有线段，写字板也是线段，所有事物都呈现为一条线段，物体之间的区别仅依赖于尺寸和亮度。所以，当我完成这篇题为《从平面国到空想国》的文章时，就没敢奢望大多数人能够理解我的观点。

乌云仿佛笼罩着我整个生活，我感受不到一丝快乐。面对眼前的一切，我时刻有种背叛平面国的冲动，总是不自觉地把二维世界看到的物体与梦中三维世界里的进行比较。就这样，客户渐渐疏远了我，事业也慢慢荒废了。我完全沉浸在自己的奇幻之旅中，却又无法将其分享给任何人，再后来，三维世界的那些美景好像也在记忆中慢慢模糊了。

从空间国归来第 11 个月左右的一天，我试图闭上眼睛去回想一个立方体的样子，然而好像已经完全想不起来了。后来虽然慢慢有了点儿印象，但是直至现在我也不敢确定那是不是在空间国中真的看到过的立方体。这让我深感忧虑，虽然不知道具体该怎么做，但得马上行动起来，只要能说服世人相信三维世界的存在就好，为此我万死不辞。试想，倘若连我自己的孙子都不能相信我，又如何说服那些云端的圆形人士呢？

或许是因为激动，我有时会不经意间发表一些颇具风险的言论。老实说，虽然言行尚未达到离经叛道的程度，但显然已经迥异于所谓的正道。我敏锐地意识到了自身所处的危险境地，但是仍然无法克制自己，总会不时地发表一些可疑甚至颇具煽动性的演说，即便面对最高级别的多边形和圆形也不例外。比如，有的时候人们会讨论那些声称能洞察事物内部的疯子，我就会引用一位古代圆形的名言——"先知和启蒙者大多都被视为疯子"；再如，有的时候我会忍不住谈到"洞悉事物本质的慧眼""一切皆可见的国家"等；更有甚者，有一两次，我竟然脱口说出了"三维与四维"这样的禁忌字眼。

在挑战客观权威的边缘疯狂试探后，我终于"露馅"了。事情的起因是这样的，有一次，一个智力欠佳的人阅读了一篇别有用心的论文，那篇论文不仅详尽地解释了为何上天将维度限制在二维，还详细阐明了只有上帝才能拥有全知的能力。再然后，当地的推理社团在地方行政长官的府邸举办了一场聚会，在那次聚会上，我滔滔不绝到忘乎所以，竟然将自己和球体在空间中的旅行经历一股脑儿说了出来，甚至还说到了我们一起前往全国大会堂、一起游历空间国、一起往返平面国。起初还假装是在讲述一个虚构人物的冒险故事，但说着说着，热情让我渐渐卸下了所有伪装，和盘托出了旅途中所见所闻的点点滴滴！最后是激情澎湃的总结，我告诫所有听众应摒弃无知，接受三维知识的洗礼。

结果自不用说，我被当场逮捕并押送至议会！

第二天清晨，我就站在之前和球体一起站过的位置上。议会允许我继续做自我辩护，其间无人发问，也没有人在关键时刻打断我的陈述。然而这一切不过是走走过场，从一开始我便预见到了自己的命运。刚开始现场还有来自高级警察部队的警卫——他们的形状已经基本规则、顶角差不多有 55°，议长注意到了他们，然后果断命令那些警卫在辩护之前离开现场，接替的是顶角只有 2° 或 3° 的低级别卫兵。我深知这一举止的深层含义，那意味着我将被判处死刑或终身监禁，我的经历也将无法为世人所知，在场所有听到我的故事的人都会被灭口，也正因此议长才会选择让地位较低的牺牲品为我陪葬。

总结陈词结束之后，议长或许意识到，部分级别较低的圆形议员可能被我慷慨激昂的陈述所感染，于是问了我两个问题：

1. 我能否指出"向上，而非向北"到底是指哪里？

2. 除了推理所谓的边和角以外，我能否通过示意图或者别的什么描绘出立方体？

我义正词严地回答道："我的话讲完了，无需多言，我已决心为真理献身，我深信追求真理的事业终将取得胜利。"

议长说他非常赞赏我忠诚于事业的品质，也认为我已经做到了至善至美。然而，议会还是要判处我终身监禁。他还说，如果真理认为我应该获释并向世界传播真理，那真理就应该立马现身；还承诺不会对我施加酷刑，因为这种方式对于防止越狱毫无作用。议长甚至还允许我在适当情况下与狱中的兄弟会面，只要我在监狱中保证得当的言行举止，我一直都能有这样的待遇。

7 年过去了，我仍然身陷囹圄。在这里，我唯一的同伴就是狱卒，当然，偶尔我的兄弟会来探望我。他是优秀正方形的代表——品质高尚、深明大义、性格开朗、重情重义。但坦白说，每周与他的会面并不总是愉快的，至少在某种层面上来说，他让我痛苦不已。当初球体在大会堂里证明自己时，他也在现场，也听见了球体向圆形解释这一现象的原因。7 年来，我每周都会告诉他我的使命，每周都会不厌其烦地描述空间国里的繁荣景象，每周都会通过类比方法解释立方体的存在。然而，我不得不承认，尽管我竭尽所能，但我的兄弟依然没能理解三维世界，他也坦诚地说，"根本不相信球体的存在"。

显然，我无法改变任何人的认知，千禧年的启示对我来说毫无意义。空间国的普罗米修斯为人类带来了知识的火种，但我这个平面国的普罗米修斯却因传播知识而沦为阶下囚。于是，我写下这本回忆录，希望用某种未知的方式启发世人，至少唤醒那些被困在有限维度中的反抗者的斗志吧！

这是我梦寐以求的成就，却也不敢抱有太多奢望。我时常深感重任在肩，生怕自己记错了那个萍水相逢却挥之不去的立方体。每每夜深人静，"向上，而非向北"的口诀就犹如一个啃噬灵魂的魔鬼，让我魂牵梦萦。慢慢地，立方体与球体的形象在我脑海中逐渐模糊，三维世界变得犹如一维或零维般虚幻，我的意志好像也渐渐消沉了。甚至眼前禁锢自由的高墙，我在上面写作的这些石板，以及平面国中的一切，都不过是病态想象的产物，或是毫无根据的梦的产物。

平面国的

毫无根据的视觉结构　　　　　　　融化在稀薄的　空气中

终 点

像是做了个梦